Девочки и институции

女の子たちと公的機関

ロシアのフェミニストが目覚めるとき

ダリア・セレンコ 著
クセニヤ・チャルィエワ 絵
高柳聡子 訳

etc.
books

目 次

訳者まえがき

本書はロシアの作家でフェミニスト、反戦活動家であるダリア・セレンコの著書『女の子たちと公的機関』(*Девочки и институции*, M.: No Kidding Press, 2021.) の全訳である。2022年2月に始まったウクライナでの戦争以前に出版されたものだが、その分、戦争へと至る前のロシア社会の状況が垣間見える作品だ。作家の詳しい経歴は訳者あとがきでご紹介することにして、まずはこの小説の理解の一助となる作品の背景を少し説明したい。

この作品はフィクションだが、お読みになればわかるようにドキュメンタリー的な要素と詩的な表現に満ちている。作品の語り手はセレンコを思わせる女性で、舞台はモスクワ、出来事も現実のものだ。セレンコはそもそも詩人で、ガリーナ・ルインブーやオクサーナ・ヴァシャキナ(この作品の中にも登場している)らとともに、2010年代以降のロシア文学におけるフェミニズム詩のジャンルを牽引してきた。

本作品の主人公＝語り手は図書館や美術館で働いている。こうした大きな文化施設はソ連時代からの遺産でもありロシアの各都市に存在するが、そのほとんどは国立で、人文系の大学を出た多くの女性たちが働いている。本書にはそんな彼女たちのもうひとつの現実が描かれている。ロシア語版にはロシアの読者向けに添えられた映画評論家マリア・クフシノワによる序文がある。その一部を引用してみたい。

文化は、プーチン政権下の縦社会のように階層的なものなのだと私たちには説明されている。そしてこの階層のトップにいるのが芸術家で（人文系インテリ家庭出身の男性、あるいは女性の可能性がもっとも高い）、台座の下のほうでは女の子たちがあくせくしている——絵具や筆を運び、ミューズとなり、展覧会場のあと片付けをし、食べ物を用意し、厳しい報告書を書きあげ、来場した人や動物の数をごまかし、会計作業をやり、使い込みが発覚したら刑務所に入る。

豊かな文化と芸術の世界で知られるロシアだが、そこは階層化された閉鎖的な業界でもある。芸術や文化活動には国家からの助成金が出るけれども、それゆえに役所のように汚職や文書の偽造も横行している。

主人公たち「女の子」は、そうした「公的機関」の下層で偉大な芸術や学術界を支えるために薄給であくせくと雑用をこなしている。このあたりの記述には、セレンコ自身の図書館や美術館での勤務経験が存分にいかされている。文書の偽造も、実際には行われなかった行事の報告書や写真の捏造もすべては助成金を受け取るために実行される。不正が発覚したら罪を負うのは下層の「女の子」たち、利益と名誉を享受した上層部にはお咎めはない。

私たちがいなければ、この機関は、この国は動かないというのに、なぜこんなにも理不尽な立場なのか――その声は主人公の内部でしだいに高まっていき、ついに言葉となって体の外へと飛び出していく。この小説は、現代のロシアという国で、どこにでもいる一人の女性が、自分の身体で国家と社会の歪みを日々受け止めながら、ついに意識の変革を迎えるというフェミニスト誕生物語でもある。

そして、作品の舞台はほぼ職場なのに、ここには女性の身体をめぐる表現が溢れている。主人公は自分の身体を、同僚の「女の子」たちと机の下でひとつに絡み合うコードのように感じている。同じ日に生理が始まったり、偶然に同じ物を食べていたり、女の子たちの身体はどこか繋がっている集団的なものとして描かれ、やがてもつれあった糸がほどけていくように一人ずつそこから抜け出し、自分だけの身体を見いだしていく。この身体性がテクストの全体に通底しているのだが、作家自身が序文で書いているように、この感覚はセレンコの強度の近視の経験とも呼応している。

22歳のときの目の手術後に世界がクリアに見えるようになり、「自分の身体」を見つけたという体験を、彼女はインタビューで繰り返し語っている。それはまた、ダリア・セレンコというフェミニストが誕生した時期とも重なっている。制度による暴力も実際の暴力も、その多くは女性たちの身体を通して生じるものだ。自身の身体が可視化されたことで、セレンコが社会や国家の暴力をも可視化できたことは、この作品のラストシーンで、失業した「女の子」が一人で街を歩きながら、以前よりもずっと丹念に世界の細部を見ていることに反映されている。

作品内でフェミニストになっていくのは主人公だけではない。ある日、体調不良で次々と早退していった同僚の女の子たちを、主人公はネットで中継されるモスクワの大きなデモ行進の中に見つけるのである。

2019年7月、モスクワ市議選の際に、選管は10名を超える野党陣営の立候補希望者を書類の不備があるとして候補者登録しなかった。そこには反体制派のリーダーであるアレクセイ・ナヴァリヌイ他、リベラル派の政治家たちが含まれていた。これに反発した市民がモスクワのサハロフ広場で不正なき選挙を求めて7月20日に大規模なデモを決行。デモは8月に入っても途切れず、週末ごとに繰り返されて数千人が逮捕された。これに次ぐように、2020年のアレクセイ・ナヴァリヌイ毒殺未遂事件、2021年には彼の逮捕という事態になり、プーチン政権の反体制派に対する弾圧とそれに抗う市民運動は一気に高まっていったのである。

そして2022年、この作品の中で体調が悪いと嘘をついて早退し、あの日デモに参加した「女の子」たちは今、戦争をしている権力とまさに命がけで闘っている。こんな「女の子」たちが現在のロシアに数万人もいることを知ってほしい。そして

「女の子」たちとは、セレンコが書いているように、性も年齢も実に多様な人たちであることも。

日本語版への序文

ダリア・セレンコ

私がフェミニストになったのは8年前、大学3年生のときだった。それは、ロシアがウクライナ領のクリミアを併合し、2011─2012年にかけての(「ボロトノエ事件」と呼ばれる)一連の反プーチンデモのせいで若者たちが刑務所に入っていて、また、モスクワの救世主ハリストス大聖堂でアクションを起こした廉でパンクグループのプッシー・ライオットが投獄された時期だ。現実が濃縮されていくように緊迫していった。政府の宣伝要員たちが各大学を回り、政権交代や革命など許されるものではないという内容の忌まわしい映画を学生たちに見せていた。私たちの大学にも(私はゴーリキー文学大学に通っていた)、FSB(ロシア連邦保安庁)の監督者たちがやってきて、私たちが学生会議で何を話しているのかを監視するようになった。でも今となっては、あの時代はまだ比較的自由だったような気がする。

21歳のときの私は、眼がすごく悪く（マイナス10ディオプトリという最強度の近視だった）、とても信心深く、他人の影響を受けやすかった。でも、政治的な出来事が激しく巻き起こる中で、次第に自分の主体性というものに気づいていき、抑圧と不平等のシステムがどんなふうに作り上げられているのかを理解していった。そして目の治療をして、自分の身体との新しい関係を築いたのが22歳のとき。このときに私は、政治と自分の身体とを同時に発見した、そのことが私をフェミニストにしてくれた。一方では、芸術や文学なんかやるべきじゃない、家庭をもって子どもを産むことを考えろと男性たちから絶えず言われていたということもある。自分もまだ子どもだったから、この手のことを言われると、私の中にとても激しい反発心が生じた。

反戦運動は、いま戦争をしていなくとも、一度でも軍事攻撃を行ったことのあるすべての国で、重要な市民運動かつ政治運動であるべきだと私は確信している。2014年に、ウクライナへの最初の攻撃が始まったときにロシア国内で強力な反戦運動が起きていたなら、そして世界の他の国々がロシアの攻撃に対して今と同じくらいに厳しい反応を示してくれていたなら、現在の戦争はなかったはずだ、今の戦争は抑止できたはずだと私は思っている。どの戦争も、たとえ終わったとしても、実際には終わってなどいない。軍国主義や帝国主義の文化は続くし、戦争犯罪の後遺症は何年にもわたって残ることになる。軍事攻撃は容認できるし必要なのだという考えじたいを社会の意識の内から排除しながら、反戦運動は、そうした文化を作り直しながら日々変化させていくべきだし、できるはずなのだ。フェミニストや女性たちの反戦運動は、世界の戦争・紛争の歴史において常に大きな役割を果たしてきた。女性たちはこれまで、戦争と暴力に対して異を唱える勢力であったし、これからもそうだろう。私たち女性は、生殖システムによって戦争と結びつけられている、国家は、私たちが、人間ではなく、大砲の餌食となる兵士たちを国のために産むことを望んでいる。女性やフェミニストたちは、あらゆる暴力がいかに結びついているのかをよく理解している。家庭内暴力、性暴力、国家の暴力、政治の暴力——これらはすべて同じ仲間なのだ、私たちだけがそのことを万人に向けて可視化できるし、断ち切ることができる。

私たちの反戦運動（フェミニスト反戦レジスタンス）は開戦から2日目の2月25日に始まった。それ以降、困っている反戦活動家たちへの無料の法律支援や、精神的な支援を毎日行っている。ボランティアたちは、占領された地域からロシアへ連れてこられたウクライナ人たち（多くは強制的に連れてこられた）の支援もしている。国外にいる活動家たちは、ウクライナの避難民の支援組織で仕事をしている。ロシア国内にいる活動家たちは、女性たちによる反戦の抗議運動を行いながら、全員で力を合わせてロシア連邦内の各都市で反戦のアジテーションを展開している。反戦新聞を配布し、家族が動員された（力ずくで徴兵された）女性たちを手助けしている。フェミニスト反戦レジスタンスの活動家たちは迫害や暴力や拷問に遭っている。一部の活動家たちを、投獄されないように国外へ避難させたりもしている。毎日の活動が危険にさらされているし、女性たちにとっては危険は倍増する。国家による暴力は、女性たちの場合、（警察署や刑務所での）性暴力に変わることも少なくないからだ。確かに、私たちは戦争を止められていない、反戦運動が戦争を止められるとは思っていない。戦争は、戦闘している当事国の資源が尽きることによって終わるものだ。私たちは、ロシアの資源を枯渇させていくことができるし、労働現場でのサボタージュによってこの戦争を妨害できるし、この戦争のせいで苦しんでいる人たち、独裁の肉挽き機にかけられた人たちを支援することができると私は信じている。私は、家庭内暴力との闘いを続けることが重要だということも信じている。なぜなら、戦争は家で始まるからだ。妻や子供を殴る男は、他人の土地の妻や子供を殺す男に容易に変わりうる。家庭は、将来、戦場で暴力をふるうための練習場ではない。暴力を慣習にしてはならない、社会の規範として認めてはならない。そうすれば戦争が当たり前ではない未来が訪れることだろう。

2022年11月

女の子たちと
公的機関

ロシアの
フェミニストが
目覚めるとき

＊
＊
＊

私が職場である国家機関に初めて行ったとき、最初に目にしたのは女の子たちだけだった。彼女たちは自分で自分のことをそう呼んでいた――「女の子」と。周りであまりにもひどいことが繰り広げられるせいで感嘆と疑問のイントネーションを切り替えながら。私にもすぐにわかったけど、あまりにもひどいことは私たちの不安定な日常の世界の起源と分かつことのできない一部になってしまっていて、一日の仕事のスケジュールに全力で根を下ろそうとしてくるのだった。

私たちは地区の小さな図書館の窓のない事務所で働いていた。女の子たちのパソコンは女の子たちよりも大きく見えた。ときどき大きなモニターとPC本体がたてる低い音の向こう側で女の子たちの姿が見えなくなったり声が聞こえなくなったりした――生きている人間と一緒にいることを確認するために、椅子からちょっと腰を上げないといけなかった。部屋に窓がないことは、壁全面に貼った写真柄の壁紙で埋め合わせていたようだ。熱帯の植物、上から下へ向かって泡だつ水を落とす切り立った激しい滝——新鮮な空気どころか、階層の垂直性を日々思い出させてくれる図柄だった。

女の子たちは、私のことを自分たちの一員として受け入れてくれた。それでも、しばらくの間、私はいつもの癖で自分の身体の自律を保とうとした。ひとりでお昼を食べる、ひとりで地下鉄までのバスに乗る——でも、あっという間に、ひとりでいるというこの価値観は、私にとってあらゆる意味を失ってしまった。このとき私の人生も、まったくもってひどい状態にあった、だから私は職場にいても自宅にいるように感じていた。つまり、楽しくて恐ろしかった。そして、私的なものと公的なものの境界は、アルコールと締切によって洗い流されていった。私たち女の子はしょっちゅうひとつになり、たくさんの手足がある、嬉々としながらなんだってできる破壊的なひとつの生き物に変身した——そんなときは自分の足の衰えや弱さを感じなくなったものだ。

でもこのとき、蜘蛛みたいに隅の席から観察し、研究しながら、私は幾度となく自分の無意識のまなざしに気づいた——少し横柄で、皮肉っぽくて、見下しながらもおもねるような、女性の集団というものを神話化するようなまなざし。そのことを私は、自分はみんなとは身分が違うから、ここでは一時的に働いているだけだからと正当化していた。ときどき、疑り深い陰気な気分でみんなのことを見ていると、女の子たちが腰から上だけで存在しているような気がした——机の下には彼女たちはいなくて、どこか遠くの方に信号を送り出すカラフルなコードが絡み合っているだけなんじゃないかって。もちろん私はそれでも、彼女たちに惹かれながら憎んでいたのかもしれない。あるいは、あの日々に、私だけが机の下にいなかったのかもしれないけど。

＊＊＊

あるとき、私たち女の子は黙って秋の市営公園を歩いていた。「私、自分の国を前ほど憎めなくなっちゃった」と私は歩きながら考えもせずに言った。「私たちの一部になってきてるんだよ」と女の子の一人が返してくれた。

私たちは常に事務所で仕事をしていたわけじゃない。通りに古い本を並べ、買ってきたば

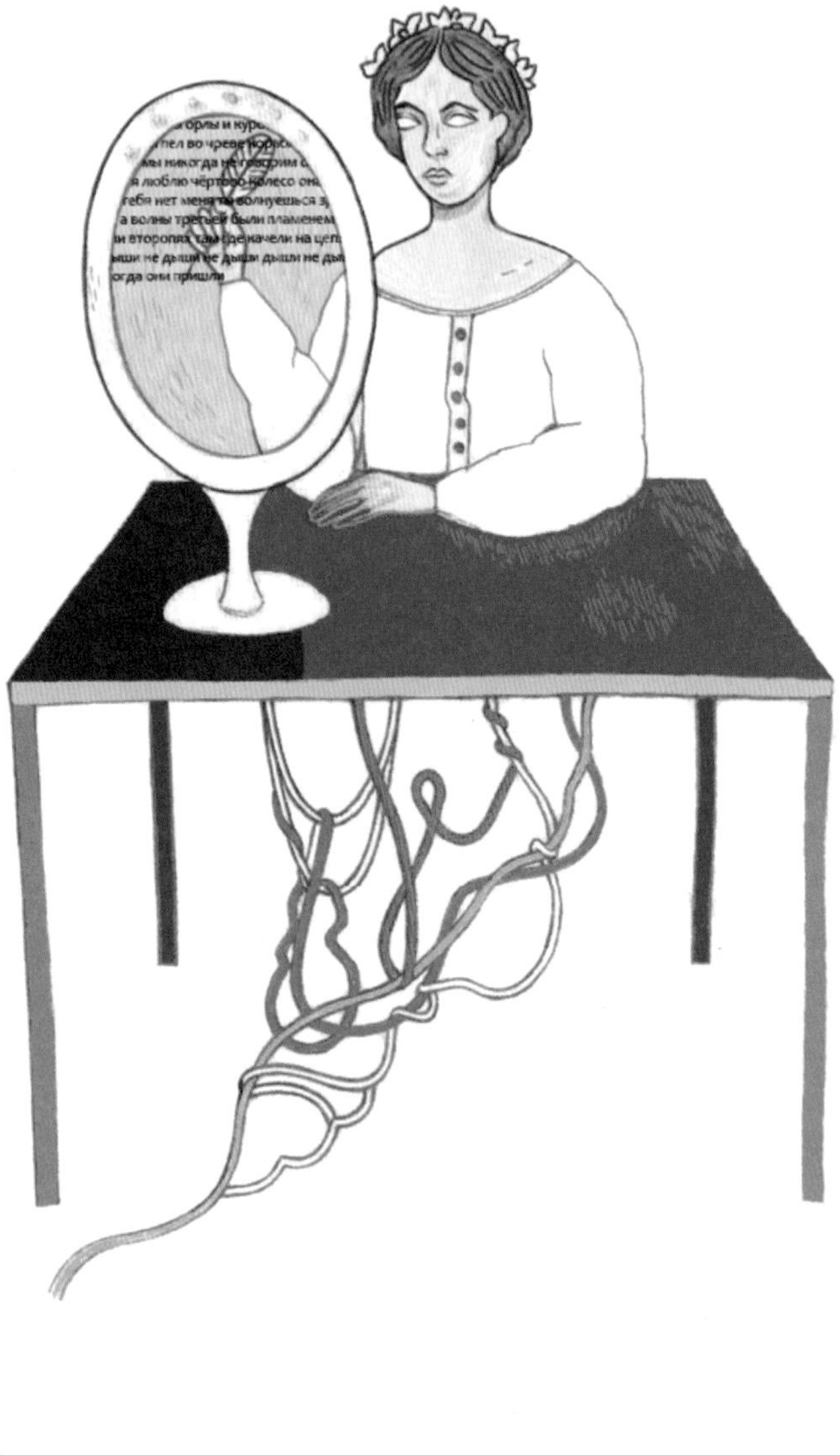

орлы и
во чреве
мы никогда не говорим
я люблю чёртово колесо
тебя нет меня ты волнуешься
а волны третьей были пламенем
второпях там где качели на
не дыши не дыши дыши не
они пришли

かりのロシア国旗をあちこちの木にぶら下げて、その周りで途方に暮れた市民たちと一緒に輪舞したこともある。実のところ私たちは絶えず新しく登場したウェブサイトを目にしていた――そうして果てしないフェスティバルにはまりこんだが、そのための予算は一度も目にしたことがなかった。フェスティバルのたびに私たちは、国家的課題を遂行していった、つまり、素手で棒切れやらゴミやらクソやらからパビリオンを建て、人間や動物の来訪者数を偽ったのだった。それだけじゃなく、普段は紙やらぼろ布やらで覆い隠されている公的機関の深淵を偶然に垣間見たりもした。

深淵は多かった。起きていることをまったく気にしなければ、だいたいはかなりいい感じで過ごせた。私たち女の子は、二十分おきに煙草休憩に出ていた。私たちの図書館の冷蔵庫には、ウオッカが二本入っていた、一本は万が一のことがあったときのためで、もう一本はつらいことがあったときのため。両方いっぺんに起きるということもあった。

それは私が文化施設のスタッフとして働き始めた最初の日のことだった。私たちは地域の文化会館に連れていかれ、その場から離れることを厳重に禁じられた。私たちはそんなの冗談だろうと思ったから、その場を離れることもなくお祭り気分でいた。最終的に、ピチっとしたスーツを着た男たちが私たちを小さなコンサートホールへと追いたて、ドアを施錠した。照明が消えた。

ふわふわした髪型の女性司会者が騒々しいファンファーレの音に合わせて登場すると、私たちのために表情豊かに祝賀の詩を読んでくれた。私たち若いグループは舞台に上がるよう呼ばれた、少なくとも舞台上からは確かにそうアナウンスされた。私たちは「t.A.T.u《タトゥー》」[*1]の出待ちをしているときみたいに体がすくんでしまった。

私は一日中吐き気がしていた――そして、ＶＩＡ「歌う心」[*2]の三曲目のときに案の定、生理が始まった。私は列の間を通り抜けていった。コンサートホールの出口にはガードマンが二人いて私を制した、彼らはいかなる理由があろうと誰も外に出さないようにと言われていたのだ、だって、アーティストたちは国のお金で呼ばれているのだから。労働者たちは出ていったりしないで楽しまなきゃいけない。

国有のビロードのシートに血液のシミを残すはめになった後で、私たち女の子は事務所に戻るとウオッカを二本とも取り出した。実はこのときに聞かされた曲を今では自分たちが若かった頃の音楽として思いだしたりすることも白状しなきゃいけない。そして楽しんでいるということも。

＊　＊　＊

正直いうと、私たち女の子は嘘をつくのが大嫌いだった。それに私たちは嘘のつき方を習ってもいない。

あるとき私たちは、ありもしない一般向けのイベントを実施したふりをしなきゃいけな

＊1　二〇〇〇年にデビューした女性二人の人気デュオ。日本でも歌番組やCMに出演するなど有名になった。二〇一四年に解散。

＊2　ソ連時代はバンドのことを、Vocal Instrumental Ensembleと呼んでいた。「歌う心（Singing Hearts）」は、一九七一年にヴィクトル・ヴェクシテインが結成した人気グループ。

かった。当日になって部局が来場者の写真を要求してきたのだ。それで私たちは、砂糖を入れた紅茶とクッキーをふるまいますと言って、通りを歩く通行人たちに声をかけた。通行人たちは、私たちがお葬式のあとの追善供養でもしているのだろうと思ったのかテーブルについてくれて、とても静かにきちんとナプキンの上にクッキーのくずをこぼしてくれた。

またあるときには、女の子たちは、警備員の男性の頭をふんわりとしたスカーフでくるんで椅子に座ってもらったこともある。それで、がらんとしたホールにスカーフを巻いた孤独な女性がひとりというドラマティックな写真が撮れた。警備員さんは全身で、しかるべきジェンダーをとても正確に表現してくれた。この写真は、私たちの報告書の役には立たなかったけど、でも表現力に富んでいた。この女性は誰なんだろう？　上から降りてきたありもしないイベントにまたもや行くと決めたとき、彼女は何を思っていたんだろう？　どのくらいの時間ここに座っていたの？

数日後、私たちは年金生活に入る女の子をひとり見送った。食べ物を並べたテーブルを囲んで、誰がいちばん彼女を羨ましがっているか言いあった。紅茶の中にウオッカを入れて、健康のために乾杯しまくった。主役の女の子は、酔っぱらった眼で私たちを嘲笑するように見ていた。「これは私の追善供養だね」と彼女は言った。「私がここにいるうちに通行人たちを呼んできてよ」と。

＊＊＊

あるとき、私は給与の受領書で手を切った。私のささやかな俸給の数字の上に赤いシミが滲んだ。女の子たちが、それはまさしく私の血が滲んだお金だねと言った。

頭の中でざっと計算してみた、私の体の中にはまだ流れ出ていない血がどのくらいあるんだろうと。そして思った、次回、もう少し強めに切れたなら、給料の額が魔法みたいに増えるんじゃないかなと。そして一か月後、給料日は私の生理日と重なったけど、額はあいかわらずほんのわずかだった。

女の子たちは、わずかなお金でやりくりする技をもっていた。彼女たちは、夏のうちから冬用の靴のためにお金をよけておいた。小さなコンテナに食べ物を入れて職場にもってきていたし、一日二食だった。ときどき私たちの事務所にセールスマンがやって来ることがあった。それで私は、この語が、まだ生きている人にも使われることを知ったのだった。セールスマンは、私たちの机の上に、パンストや靴下、ネックレス、香水、ショーツを広げた。私たちがどれも気に入らないとわかると、別のトランクを開けて、干し肉や魚の干物の切り落としを取り出した。

毎日必ず女の子たちが服を脱ぐ時があった。スカートをたくし上げてずり落ちたストッキングを引っ張り上げる。ジャケットを脱ぐ、机の下で靴を脱ぐ、髪をほどく。このリラックスは伝染した。どんどん姿勢がだらしなくなり、どんどん顔がぼんやりしていった。もう少ししたら女の子たちは自宅にいる。そして、彼女たちには寝るまできっかり三時間ある。翌日の食べ物を準備したり、今月後半の出費を計算したり、デートに出かけたり、習い事の日を確認したり、ワインを飲んだり、部屋の家主と喧嘩したり、犬の散歩に行ったり、マスターベーションをしたり、女の子たちと電話でお喋りしたりする。

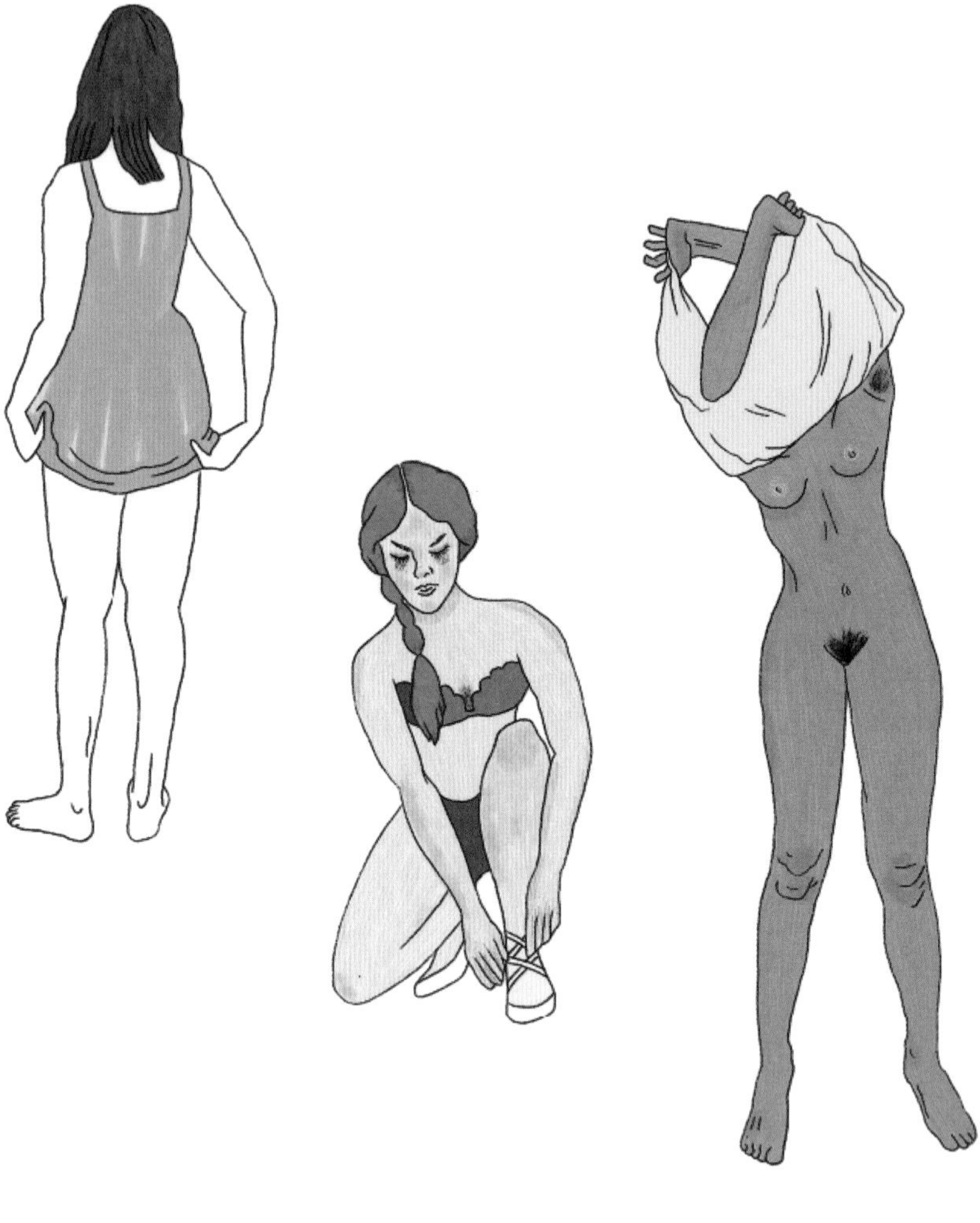

＊　＊　＊

女の子たちって公的機関と何がちがうんだろう?

女の子たちは決して老けたりしない。
女の子たちはトイレに泣きに行く。
女の子たちは遅刻してワンピースを裏返しに着てくる。
女の子たちは警察に呼び出される。
女の子たちは〝クソ〟と言うことができる。

いつだったか、私たち女の子は、予定していたイベントを中止し、そんなものは最初からなかったことにしろと求められたことがある。告知用のテキストを削除したら、もうそのことは二度と口にしてはならない。女の子たち、あなたたちはハッキングされたんだよ、目を見合わせないようにして。女の子たち、病気休暇を取るんだよ、もうダメだよ。

私たちはハッキングされた——そのせいですごく気分が悪い。指がいうことをきかない、耳鳴りがする、契約書と添付リストが宙ぶらりんになっている。私たちは全員、自分の席で固まったまま一点をじっと見据えている。長いあいだ一点を見つめていると眩暈《めまい》がしてきて、眉間に不安なときに起こるチクチクした感じが始まる。

数時間後、私たち女の子はゆっくりと机から抜け出すことができた。ひとりひとりの椅子の下のグレーのカーペットの上には、一身上の都合による湿ったシミが滲んでいた。

私のは木苺色だった。

＊＊＊

あるとき、雷雨で図書館が停電になった。文書管理システムは停止、天井の電灯も消え、画面が落ちた。私たち女の子の耳は訪れた停電の静寂に塞《ふさ》がれてしまった。もしも机の下の女の子たちが絡みあったコードのままなのだとしたら、今はそこも電気が切れているんだろうな。

一緒に作業をしているあいだ、私たちは自分たちの話が盗聴されているのかどうか、結局、最後までわからなかった。半年前、事務所に小さなカメラが設置された。月に一度、記憶に残らないおとなしい男の人がやってきて、何を質問しても答えずにカメラに何かをして帰っていった。カメラは、私たちのもう一人の女の子になった——私たちは生きた女の子のように彼女《カメラ》とつきあったけど、彼女の前では話さないほうがいいということもいくつかあって、そんなにいい同僚ではなかった。

というわけで、文書管理システムが停止し、天井の電灯が消え、画面が落ちた。私たち女の子の一人であるカメラの赤い目も消えてしまった。私たちはみんな、呼吸が深く、速くなった、まるで、私たちの仕事部屋に窓がひとつ現れ、すぐに誰かがそれを叩き割ったとでもいうように。

「私、警察に呼び出されててさ」

「私、夫と離婚したんだよね」
「私、外でこの契約書を燃やしちゃった」
「私、見積書の計算が合わないんだけど」
「私、自殺したい」
「私、嘘ついてちょっと早めに帰るね、彼女とデートだから」

私たちは土砂降りの雨の中、外に出た。シャツとブラウスがびしょ濡れになり、透けた体がくっきりと見えた。私たちは勤務時間中なのにお互いに見とれあいながら、何か取り返しがつかないことが起きればいいのにと思っていた、ドアが一時的に施錠されてしまって、それから火事になるとか。図書館がぱっと燃え上がって、雷雨の中でめらめらと燃えたらいいのに。それか、私たちがもう二度とあそこへ戻らなくてもいいような、お互いの顔を見ずに済むようなことが起きればいいのに。

＊　＊　＊

一度、女の子たちが私を裏切ったことがあった。私は彼女たちのことを責めたりなんかしない。公的機関ではそうするほかないという状況になることがときどきある。そういう時は、裏切るほうが他の選択肢よりましなのだ。

出勤すると私の机の向きが変わっていた。女の子たちがみんな、私の背後にいるようになっていた。私は、彼女たちの視線の重みで背中が痺れそうだったけど、振り返って見るのは怖かった。

一日中、誰も私と口をきいてくれなかった。私は何が起きたのかわからなかったけど、今はまだそのことは訊いちゃいけないとわかっていた。そんなことになるかもしれないということは前もって警告されていた。どう振る舞うべきかは指示されていた。

勤務時間の終わりに電話が鳴った。電話はずっと鳴り続けていたが、女の子たちはそよとも動かなかった。受話器を取らなきゃいけないのは私。

「もしもし、こんにちは、あなたかね？」

「もしもし、はい、私です」

「我われのところに情報が入ってね、先週あなたが職場にいなかったということなんだが？」

「それは何かの間違いです、私は毎日ここにいます、女の子たちに確認してください」

「あなたは我われを誰だと思っているのかね、こちらはすでに確認済みなんだよ」


そのときに私は、建物の入口にビデオレコーダーがあって、職場にいる人数を毎日カウントしていることを知ったのだった。この一週間、女の子たちは一人ずつ順番に代休をとっていた。

電話を切ると、女の子たちが密になって私をぐるりと取り囲んだ。彼女たちは、私の頭や、冷えた頬を撫でながら、泣いて許しを請い、自分の胸を叩いていた。私は、彼女たちの思いやりのある顔をじっと見ながら、どの顔が誰なのか区別がつかなかった。

＊　＊　＊

三月八日になると、周りに男の子たちが現れた。それ以前に男の子たちがまったくいなかったというわけではないけど、ある状況下で発露される彼らの集団的な性質は、国際女性デーの日にだけ明らかになるのだった。[*3] 男の子たちを視覚的にひとつにしていたのは、俗に言う、顔のなさだった。男の子たちは途方に暮れたような感じでお祝いの包みを胸に押しつけていた。

女の子たちは顔を見合わせながら、黙ってテーブルをTの字に移動させた。ゲストたちが着席し、包みが取り上げられ、デコレーションケーキが切り分けられた。三十分後、男の子たちは解凍したらしく、ようやく大きな声で自分たちにしかわからないことを男の子同士で話しだした。

時おり彼らは乾杯の音頭をとるために話を中断した。[*4]

「女性たちに乾杯！　女性がいてくれないと、この世界が同質で同性愛的になってしまうから！」
「すべての素敵なご婦人たちに乾杯！　生ける者も死んだ者も、ポスト社会主義的労働のヒロインたちに！」

テーブルについているのがすっかりつまらなくなったそのとき、女の子たちの一人がロングのウィッグを取った。男の子たちはなにも気づかなかったけど、そのかわり私たちはすっかり興奮してしまった――まるで私たちの上に目には見えないハゲの月が昇ったみたい。男たちが居並ぶ前で自分の髪を取って、それをテーブルの上にドンと置いたんだよ――そんなこと百年前の女性にできたと思う？

＊3　ロシアでは三月八日の国際女性デーはソ連時代から大きな祝日で、男性たちが職場や家庭で日頃の感謝をこめて女性たちをもてなすことになっているが、セレンコらフェミニストたちは二〇一九年からこの慣習を脱却し、女性の権利と自由を求める運動の原点に戻ろうと呼びかけている。

＊4　ロシアでは宴会の最中にたびたび乾杯をし、その都度誰かが「〜に乾杯」という音頭を取る習慣がある。

私たちは興奮してはいたけど、男の子たちが来たことで何か変化が生じたなんて認めたくなかった。ほんのわずかな時間、魂が体から離れても、それに気づかず、鼻血が一滴ぽとんと落ちても、一点を見つめて座っている時のように。

＊＊＊

女の子たちはめったに見分けがつかなかった。他の人たちは、もちろん、誰がナターリアで、誰がダリアかは覚えられたけど、私たちのどこが違うのかはまるでわかっていなかった。仕事中は自分たちでも、どれが誰の手で、どれが誰の足なんだかわからなくなることがあった。時には、私たちって胃袋もひとつなんじゃないかなという気がした、だからみんな、他の女の子たちが食べている物にあう食べ物を持ってくるようになった。

これは好都合だった。私たちは会合やら会議でお互いに代役を務め、上司たちとは、彼らに聞こえないようないつも平坦なトーンで話をし、政府を転覆する気なのか、あるいは、リンゴが入った買い物袋から今にも自動小銃を取り出して私たち全員に銃口を突きつけ撃ち殺す気なのか、と思うほどイラついた来館者たちの話を最後まで丁寧に聞いた。

あるとき、私がナターリアだかダリアだかに扮する番だった定例会議のあと、上司が私を自分の執務室に呼んだ。部屋の中はうす暗く、湿った新聞紙とコニャックの匂いがしていた。上司が私の髪と背中を撫でた。私は使い古されたレザーの肘掛け椅子の背もたれをつかんだ。手のひらにどっと汗をかいた。

上司はコートを手に取ると二分後に戻ると言って出ていった。私の目は弱い光にだんだんと慣れていった。賞状や感謝状の金文字が前よりはっきりしてきて、もう何か月も誰も破り取っていない日めくりカレンダーも見分けられるようになった。

私は頭の中で自分たちの報告書や契約書、添付書類、同意書などあらゆる書類を次々とチェックしながら、そのまま五十分も座っていた。お掃除の女性が来て足を上げてくれと言った。私は婦人科の診察室でいつもするみたいに無駄に高く上げた。他の女の子たちはみんなもう家にいるにちがいない。

お掃除の人はバカ女を見るように私を見た。

「なんであんたここにいるの、家にお帰り、彼はいつもそういうことをするんだ。あんたを誰かと間違えたんだよ、あんたがここに入ってきたときからあたしにはわかってたんだから」

私は自分の物を鞄にしまい、壁の賞状をところどころ入れ替え、日めくりカレンダーを相当先までめくってやった。

そして家へ向かって歩き出した、未来へと。

＊　＊　＊

数か月後、私たち女の子の堪忍袋の緒が切れた、それで私たちはひとつの人間の塊になって、新しい公的機関へと転がり出したのだった。

嬉しくて耳のうしろがくすぐったかった。私たちは、何か新しいもの、偉大なもの、大きな窓があって風が通るものを期待してわくわくしていた。自尊心を感じて我を忘れ、励ますように優しくお互いに見つめ合った。

美術館には、すでにそこの女の子たちがいた。私たちはすぐに彼女たちとひとつになり、仕事に取りかかった。私たちは熱心だったから賞賛と嘲笑を同時に招いた。そこに悪意は感じられなかった。

私たちの仕事部屋に、本当に大きな窓が登場した。部屋は一階だったから、窓を開けるとすぐに古い建物の地下室の匂いが充満した。

その代わり、私たちの周りには毎日、芸術家たちがいた。

私たちには芸術家たちを「出す」方法が二通りあった、ある芸術家たちには私たちの美術館に展示品を出していただき、別の芸術家たちには丁重にドアの外に出ていただいた。私たちは最初のうち自分のことを自由な人間のように感じて、お昼休みにシャンパンを派手に開けたりした。楽しかった。

上司にあたる女の子たちが私たちを監視していた、でも私たちは彼女たちの凝視する視線を配慮だと理解していた。翌月に私たちは驚くべき展覧会を開催しなければならなかった。多くの人が期待していた。私たち女の子の魔力が超短期間ですべてを準備できるよう助けてくれた。

オープニングまであと少しというときに、私たちのところに芸術家の妻から電話がきて、震える声で告げた。

夫が亡くなった

葬儀が数日後に執り行われる
私たちも葬儀に招待される
展覧会は行わない

私は、上司の女の子の一人にこの嫌な知らせを伝えるために電話をした。

「亡くなった？　展示品はもうすべての場所に搬入済みだし、展覧会の情報も部局に送ったでしょう。すでに部局に送ったものをキャンセルだなんて私にはできませんよ」

「ですから、あなたがキャンセルにするわけではなく死亡ですから」

「死亡なんて言い訳にならないでしょう。奥様にすぐに電話して、追悼の展覧会にするよう説得しなさい」


そうして、公正なる神よ、私たちは未亡人に電話をしたのである。

＊　＊　＊

ある朝、私は職場にいちばん遅くに着いた。すると、驚くべき議論で盛り上がっていた。議題は以下のようなものだった。

真の女性は労働組合に入るべきか？

その時点では私たちは誰も組合には入っていなかった。だけど、他の部署の男たちが「うるさくしないでね、我われは今日、会議だからね」と言いながら、集会室のドアを後ろ手に閉めるとき、私はもちろん彼らのことが羨ましかった。端から見ると、彼らが別の時空間への通路を開いて、素敵なポストソヴィエト旅行に出かけるように見えたのだった。


「真の女性というのは、目には見えない女性のことだよ」

「じゃあ、真の労働っていうのは、目に見えない労働ってこと？」

「何言ってるの、労働組合っていうのは一九三七年だったたか、その頃からあるんだよ」

「うちの子の具合が悪いっていうのに、私はまた遅くまで残業」

「真の女性にも職務記述書があるの？」

「私の上司は、何度も私のブラウスの中で自分の手を温めたのよ」

「まあ、まずは組合に入って、それから産休に入るんだね」


そのとき、私たちのところには産休中の女の子がすでに二人いた。彼女たちはみんなをイライラさせた。私たちの事務所では、どういうわけか妊婦は嫌われていた。妊娠した女の子たちはあっという間に自分の名前を失くし、大げさなほど優し気なあだ名を同僚たちからつけられたり、妊娠の婉曲的な言い回しで呼ばれたりしていた。お腹が大きくなるにつれて労働時間も長くなった。妊婦たちは悪く言われるのがこわくて、産院に入るぎりぎりまで三人分働いていた。


「真の女性っていうのは、なによりもまず出産したことのある女性だと思う」

「産休中の母親の労働組合があるべきだと思う」

「労働組合は女性の問題じゃないよ」

「じゃあ仕事に行くのは女性の問題なの？」

女の子たちはずっと議論しまくっていたけど、私はもう彼女たちの話を聞き流していた。私は自分が妊娠したところを想像していた。勤務時間は何時間になるんだろう？　どのくらいまで雇用主にお腹を隠せるんだろう？　真の女性になれるの？　自分がこの子の父親だって国家は認知してくれるの？　そんな父親と一緒に私は何をするの？

その日、私は労組に加入した。でもそこでこうした質問への答えは見つけられなかった。なんだか男っぽいところもつまらなかった、組合の職員はほとんど女性だったのに。だけど私は彼女たちの姿をどういうわけか以前にはまったく見かけたことがなかった。

＊＊＊

新しい労働の一週間は二つの出来事から始まった。ひとつは、私たちの事務所に額縁に入ったウラジーミル・プーチンの写真が送られてきたこと。もうひとつは、女の子たち全員に「至急」のマークがついたメールが届いたこと。

すばらしき女性従業員の皆さまへ、至急、ご自身のSNS、Facebook、Instagram、Vkontakteに不適切な写真がないかどうかをご確認いただきたくお願い申し上げます。

例えば、

・ヌード写真
・下着姿の写真
・極端に丈が長い、または襟ぐりが開いたワンピースを着た写真
・飲酒の写真

ご自身の職業上の名誉、雇用主の名誉にご理解と敬意を表してくださるようお願いいたします。併せて、右記のような写真がございましたら、明日15時までに削除してくださるようお願いいたします。

私がプーチンの写真を手に立ち尽くし、いったいこれをどうすべきか理解しかねているとき、女の子たちはお互いに声を出してメールを読み返していた。すると新たなメールが、早

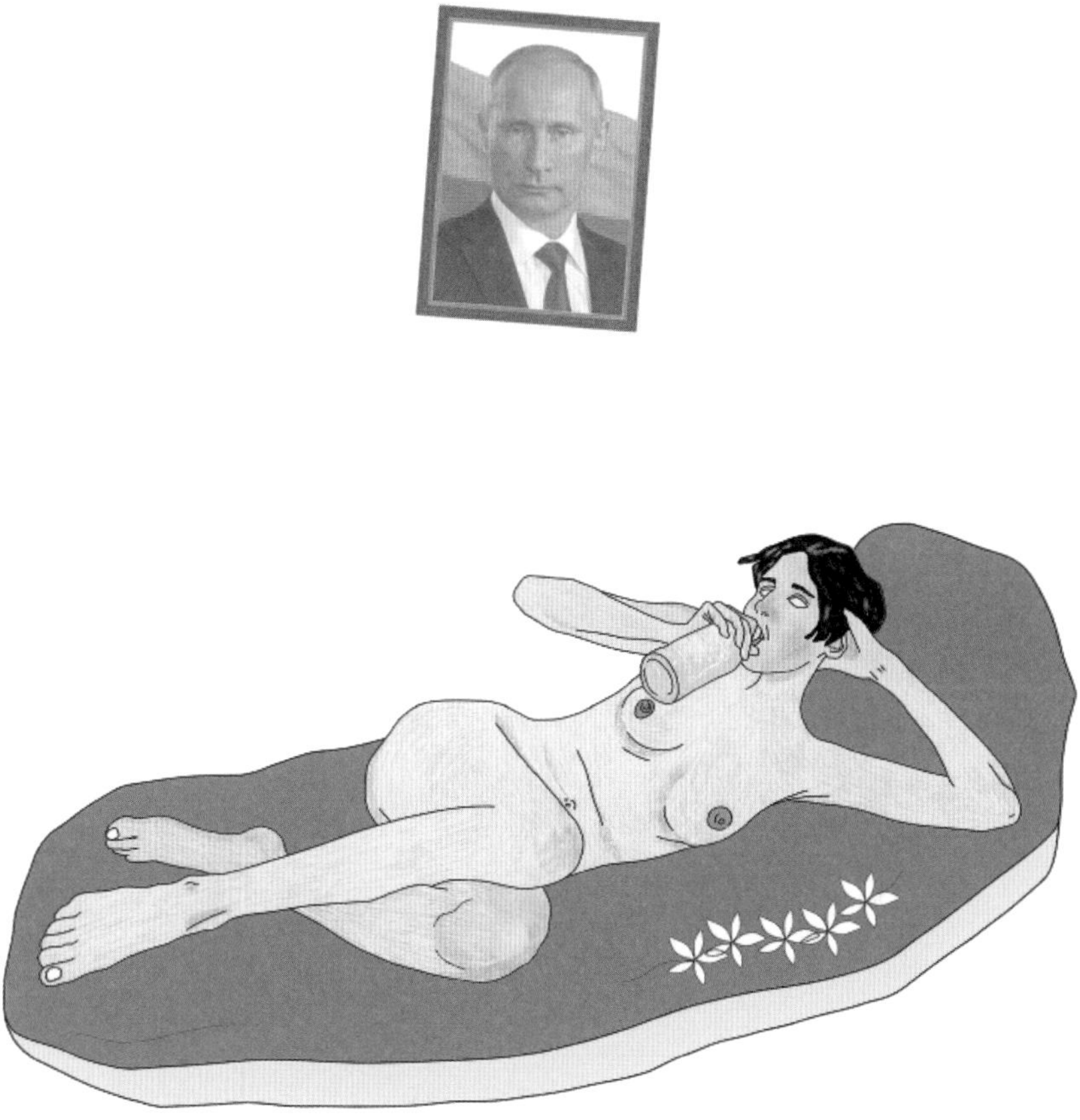

くやれと言ってきた。

各施設に送付したV・V・プーチンの写真を複写し、市民が出入りできる各部屋のしかるべき場所に掛けたことを、至急13時までに返信メールで写真報告書として提出するようお願いいたします。

女の子たちは、胸が写った写真のどれが組織の名誉を傷つけないかをまだ相談中だったから、私は二通目のメールに取りかかることにした。さて、送られてきたのは、きちんとした格好をした一人の男のカラー写真一枚とガラスが入った額縁がひとつ、そして市民が出入りできる部屋は七つ。私は写真を取り出すとコピー機へ向かった。カラーインクのカートリッジはもう何か月も私たちのところには補充されていなかった、だから、私の手にはプーチンの白黒コピーが六枚。六つの部屋にはそれを掛けることにした。白黒コピーを額縁の代わりにクリアファイルに入れ、各部屋のいちばん目につく壁にセロハンテープで貼りつけた。簡素で痛ましかった。携帯で写真を撮り、十三時十分前に送信した。

一時間後、七枚送るべきだった写真を八枚送ってしまったことに気づいた。八枚目の写真は、その前日に自撮りしたバスルームの鏡に映った自分の裸だった。体の内側が全身カッと熱くなり、同時にひやりとした。私は電話がくるのを待った。でもその日は結局、電話はなかった。

＊＊＊

事務所の空気に朝いちから風が立っても、静電気を帯びたワンピースが揺れもせず足にまとわりつくようになったら――私たち女の子に年度末が近づいてきていて、職場のパーティの日がやってくる。

職場のパーティの日は、世界中どこの国でも労働日でもなければ休日でもない――最初は、一日中仕事をしているフリをし、それから休んでいるフリをする。職場のパーティの日というのはカーニバルの日――金色に塗ったボール紙の仮面の位置を直しながら、靴を脱いでキャンデーが撒かれた事務机の上にストッキングの足で立つと、上司がプラスチックのワイングラスにシャンパンを注いでくれる。職場のパーティの日というのは、あらゆる集団の存在の動力学における重要な日、なぜなら、この日のことを一年中恥じるべき日だから。職場のパーティの日に私たちはこう理解する、いま起きていることを恥ずかしく思う気持ちの上に築かれた連帯ほど強いものはないと。

いい、女の子たち、こういう時こそ、あなたたちの愛がどんなに強いかわかるものなんだよ。私は今日、あなたたちのことが大好き。あなたたちのスパンコールのワンピースが大好き、あなたたちの重いネックレスも高くまとめられたカールヘアも大好き、どんよりした有毒な雲みたいなヘアスプレーを髪にシューっと振りまいているのを見るのも、あなたたちがその雲の中から泳ぎ出してくるのを見るのも大好き。私は、自分の国と自分の仕事が大好き。そうね、ときどき怖くなったり、自分の気がヘンになったような気がしたり、机の下に潜り込んで両手で耳を塞いだりすることもある、でも今日の私が目にしているのは輝きだけ。今日、私は事務所のトイレでゲロを吐き、その輝きを目にすることだろう。

上方の冷たい色の明かりが消えてゆく。司会者たちがマイクをチェックしている。コン

クールが始まる。会計係が踊り、技術部が踊り、文化振興企画部が踊る。今日私たちはみんな、踊ってお互いを許しあう。

汗をかいて赤くなった私たち女の子はみんなのために踊る。私たちには正したいことがたくさんある、素晴らしいこと、ためになることをたくさんやりたい。人が地位を飾ると言われる[*5]。私たちだってそれぞれの地位にいる人だよ。私たちはこのシステムを内側から変えるつもり、自分たちのスパンコールとカールした髪で小さな雌蜘蛛みたいにこのシステムをぐるぐる巻きにしてやるつもり。これから上司たちのところへ行って、なにもかも話すつもり。彼らが心を開くまでノックするつもり。だって私たちは賢くて自由で、美しい顔をした女の子たちだから。

私たちが一服しに上着もはおらずに極寒の外へ出るでしょう——すると輝きが見える。私たちがお互いの髪をもち上げてやるでしょう——すると輝きが見える。私たちは浮腫《むく》んだ舌で目覚め、キッチンにアスピリンを取りに行く。私たちは目覚めては理解する、主よ、なんて恥ずかしいのでしょう。

輝きのせいで眼に涙がいっぱいで、頭が痛い。

＊＊＊

女の子たちはそれぞれに信じているものがあった。毎年の監査や在庫調査の前の暗黒時代になると、足元の床が流れて消えていき、壁は人間に触れられることを避けて遠ざかり、宇宙の神秘がすべて空気中の水滴のように女の子から女の子へと伝播し始める。熱病にかかったような眼をして、私たちは世界の再創造を見守っていた。

ナターシャは灰白色の稲妻を遮るために窓のカーテンを引いた、
サーシャはニンニクのペンダントを配った、
オーリャは冷水器から水を補充した、

＊5　ロシアの諺「地位は人を飾らず、人が地位を飾る」より。

ダーシャは胸の心臓のところにアルミホイルをくっつけた。

それでも数字は合わなかった。周りのすべてが溶けて柔らかくなり、形を変えられるようになっているというのに、数字だけがいうことをきかない。合計額も合わないし、物品番号も合わなかった。女の子たちは祈りを捧げ、占いをし、蠟燭を灯してホロスコープを読みなおし、コーヒーカップの底を見て、タロットカードを広げ、ＡＩアシスタントに問い合わせた。全員が同じように緊張しているせいで事務所の覆いが爆ぜ、大事なものと優しいものが姿を見せた。私たちは身を隠すことを強いられた魔女なんだ、私たちは世界秩序に仕える奉仕者なんだ、私たちは、制御不能になった創造力で自分の力を試しにきたデミウルゴスなんだ。

深夜近くになって、一人の女の子のかすれた声がした、

「合った」

私たちはお互いを見た、血走った眼、滲んで蜘蛛みたいになったシャドー、ぼさぼさの髪、半分口紅が落ちた唇。

私たちっていったい何者なんだろうね。明日には焼かれてしまうんだろうね。

＊＊＊

私たちのところには、女の子の数だけ職場用のチャットがあった。誰かがみっともない振る舞いをしたら他の女の子たちが叩いたり、誰かにプレゼントをあげるお金を募ったりするためのもので、すべてに全員が加わっていたわけじゃない。他に全員用のチャットもあって、そこではスタンプやテキストをやりとりしていたけど、私たちはみんなわかっていた――そこで手に入ることはなにもないと。真の日常のドラマが起きるのはここじゃない。

私たちのいざこざが声に出されることはめったになかった。問題が深刻であればあるほど、私たちは面白そうにキーボードを叩く。今、私のチャットは静かだ、つまり今日のターゲットは私。

たいていは、仲間外れにされた女の子が、今日はおかしいなと気づいた時点ですべて終わる。彼女の番なのにカップを洗うのを忘れた。他人のデスクに書類がはみ出している。ステープラーを使ったのに戻さなかった。いちばん遅く出勤したくせに、いちばんに帰ろうとしている。他人がやった仕事を横取りして自分がやったような顔で提出した。

私はこれにはいつも緊張していた。今日はなんでみんなを怒らせたんだろうと思い返しながら、不安を抑えられなくなり、事務所の真ん中にいてあちこちに向きを変えられる漏斗《ろうと》みたいになった。この漏斗はなんだって吸収することができた、国家のことも、個人のものも、他人の考えも。

女の子たちは同時に席を立ってランチにでかけた。私は部屋の中を行ったり来たりし出した。なにも思い当たらなかったから、絶望の一歩を踏み出すことにした。ドアをしっかりと締め、私がまったく加わっていなかったチャットを見ようと他人のパソコンのマウスを動かした。

だけど、いくら見ても、いくら読んでも、私の話題は何も見つからなかった。私抜きのチャットだったけど、女の子たちが話していたのは自分たちのことだった、娘が初めて歩いたとか、朝吐き気がしたとか、別れると決めた男とセックスするのかとか、鬱に効くレシピとか、仕事のシフトのこととか、全部、私の漏斗が吸いこんで濾過《ろか》できていたこと。それは、仲間外れではあったけれど、私が慣れきってしまったものとはぜんぜん違っていた。屈折した明るい光で仲間外れにされた者を照射したりもせず、他の人たちをバックに仲間外れにされた者の姿をあぶりだすというようなこともしなかった。

私はパソコンから離れると、カレンダーのそばに掛かっている事務所の小さな鏡に近づいた。自分の名札の名前が反転して映った――そのせいで私は最初それが読めなかった。

その日私は、職場のすべてのチャットの自分の名前を変えることにした。私がもうずっと気分を害しているということを女の子たちに知らせないとね。

＊＊＊

今日は、数人の女の子たちが削減された。

私たちの部署も削減された。

私はこの文章を、職場のパソコンで四半期の報告書の担当部分を作成するためのドキュメントに直接書き込んでいる。自由な形式で活動報告をしたっていいでしょう。

女の子ってたくさんいたのかもしれないし、たくさん雇われては、うまくできなかったテキストみたいに削除されているんじゃないかと思っているとしたら、それは間違い。もしもそんなふうに思うのだとしたら、あなたたちは彼女たちの涙の一粒にも値しない。あなたたちは単に、この先を読むのは気が進まないなという自分の気持ちを隠しているだけ。つまり、結末を決めるのはあなたたちじゃないということ。

私は女の子。私は最初の日から自分のことをそう呼んでいるけど、それが自分の本質的な特性だとは思っていない。他の女の子たちが私に教えてくれたことは、どの定数が動的になり、何が誤差になりうるのかということ——それが私たちがお互いを測るときにいちばん大事なこと。

削減されなかった者たちは、別の部署で働くことになるだろう。多くの人はこれを「合流《スリヤニエ》」と呼んでいる。「合流（sliyanie《スリヤニエ》）」という語の中に、私は「輝き（siyanie《シャニエ》）」を見つける。でも、誰にも輝きなどないのに、どうやって輝きを削減するのだろう？

＊　＊　＊

プロテストが始まったとき[*6]、私たち女の子は職場にいた。その日は、私たちにとっていまいちな日になりそうだった。

まず、スヴェトラーナのお腹が痛くなった。
それからアーニャは眩暈《めまい》がし出した。
クセニヤはちょっと不調を感じ早退の許可をもらった。
私も吐き気がしそうな感じだった。

私のパソコンはタブが二つ開かれていた、ひとつはまっさらのエクセルの表で、もうひとつはいま起きていることを伝えるミュートにした動画中継。動画の中では人びとが同じ方向へ向かって歩きながら、同時に口を開いていた。私は知り合いの顔を見つけ出そうとしていた。

まずスヴェトラーナを見つけた。
それからクセニヤを見つけた。
そしていまアーニャの姿が見える。

すでに永遠のような長い時間が過ぎた。でも私はずっと自分の女の子たちを見つめている、とても親しい国家機関の女の子たちを。そして、彼女たちの体調がよくなったようで、そのことが嬉しくてたまらない。

＊　＊　＊

今日、私たち女の子は戒告を受けた。でも私は落ち込んでなんかいない——私はもう別のことを考えている。「戒告」というのは全然別のことだ。

戒告《ヴィゴヴォル》とは、すべてをぶちまける《ヴィゴヴォリッツァ》ことが許されるとき。

戒告の日とは、手綱が緩められる日、言い残しのない日、気楽になって頭が重くなるまで喋りまくる日。戒告の日は国家の祝日にすべきだよね。

＊6　二〇一九年七月に、九月に行われる予定のモスクワ市議選に反体制派の人たちが立候補を認められなかったとして、自由な選挙を求める大規模なデモが始まった。デモは九月末まで続き、多くの参加者が逮捕された。

国旗の日には、他の祝日と同じように、女の子たちが白・青・赤の三色旗を美術館の入口にある三脚つきのホルダーに挿さなきゃいけなかった。このホルダーは高いところに打ち付けてあったから、私たちは最初の頃、脚立をもってきて、一人が尖った先っぽを前に向けて用心しながら厳粛に国旗をもって昇っていった。

でも、その少し前のロシア語の日に私たちの旗は何者かに盗まれてしまった。新しい旗を購入するために、私たちは必要書類を作成したものの、購入までは長い手続きがあった。それで何か考えろと言われたのだった。だけど旗はちゃんと決まった日に掲げなきゃいけない。

私たちにはもう案をひねり出す時間がなかった。だから、物置からソ連の国旗を出してきて、それを広げた。この旗は入場者数に良い影響を与えた。地域の人たちがこの旗に引き寄せられてやって来たのだ。地元の警務主任は、私たちの旗を目にすると敬礼をした。同じ建物の隣の階段を降りてきたおばあさんは旗の横で十字を切った。年金生活者のおじいさんとその十代の孫は入口で固まってしまい、すごく大きな声で延々と会話していた。

「僕のひいおじいちゃんは弾圧されたんだよ！」
「おまえのひいじいさんってことは俺の父親だ、親父に何が起きたのか知れるといいんだけどな！」

すべての人をここへ招いて、洗いざらいぶちまけ《ヴィゴヴォリツァ》させればいいのに。舌の下で消えずに残っていること、つらいこと、嬉しいこと、気にかかることを全部お互いに話してしまえばいい。きっと、恐ろしいイベントになることだろう。

戒告なんて怖くない。クビになるのはだいたい三回目のあと。つまり、私たちにとってこの世界が完全に遮断されるまで、まだ二回はやれるということ。

＊　＊　＊

五月九日[*7]の美術館は暑くて空いていた。

私たちの窓の外を、軍服を着た子どもたちが通っていったとき、私たちは黙っていた——私たちは、軍服を着た子どもではなかった。

私たちの窓の外を、戦車が通っていったとき、私たちは黙っていた——私たちは戦車ではなかった。

私たちの窓の外を、砲弾が飛んでいったとき、私たちは黙っていた——私たちは砲弾ではなかった。

私たち女の子は外に出て、自分たちの窓の外を通り過ぎたけど、誰も私たちに気づかなかった。なぜなら、中には私たちを見る人が誰も残っていなかったから。

私たちの年間行事には、戦争と勝利にまつわるイベントがある。でも、私たちはもう戦争と勝利にまつわるイベントなんかできない。戦うことにも勝つことにも、黙っていることにも見ていることにも疲れてしまった、私たちはもうずいぶんと前から死んだフリをしようとしている。いまや私たちには聖なるものなど何もない——私たちに死を与え給え。あるいは、私たちのイベントにせめて名を与え給え。

戦闘に行くのは老人だけ*8
その日にわれわれは限りなく近づいたのだ*9
ここでは鳥たちも歌わず*10
立ち上がれ、巨大なる国家よ*11
起床ラッパはここでは静かだ*12

*7 ロシア最大の祝日のひとつでナチスドイツに対する「戦勝記念日」。赤の広場はじめ各地でパレードが行われているが、一九九五年からは軍事パレード化して現在ではプーチンの軍事化の象徴的な行事ともなっている。また、二〇一二年からは遺族らが戦死者の遺影を手に行進する「不滅の連隊」と呼ばれる市民のパレードも始まった。

*8 レオニード・ブイコフ監督の一九七四年の戦争映画の題名。

*9 ウラジーミル・ハリトノフ作詞、ダヴィド・トゥフマノフ作曲の「勝利の日」（一九七五年）の歌詞の一節。現在まで五月九日に歌われ続けている。

*10 ソ連時代の吟遊詩人ブラート・オクジャワの「求めるは勝利のみ」（一九七〇年）の歌詞の一行。

*11 軍人で作曲家のアレクサンドル・アレクサンドロフが一九四一年に作った軍歌「聖戦」の歌詞の冒頭の一行。作詞はヴァシーリイ・レベジェフ＝クマチ。愛国歌として今も歌い継がれている。

*12 一九七二年のスタニスラフ・ロストツキイ監督の映画の題名。第二次世界大戦中の女性兵士たちのことが描かれている。

すべてもうあったこと。私たち女の子はもう血まみれの軍服を着て横たわっていた、ユリヤ・ドルーニナ[*13]が、死んだ私たちのお下げ髪にゲオルギーリボン[*14]を編みこんでいた。子どもたちは舞台上で詩を朗読していた。退役軍人たちは立ち上がって去るところだった。

私たちの窓の外を、不滅の連隊が通っていったとき、私たちは黙っていた――私たちは不滅の連隊ではなかった。だけど、すごく多くの恐ろしいことや素晴らしいことがなぜだか不滅のままだとか、すごく多くの女の子たちがその手に体制の血を見たいと思っているとか、すごく多くのイベントが名前も付けられないままだとか、そんなことを知るために不滅の連隊の一部になんかならなくていい。

＊13　ソ連時代の詩人。自身も第二次世界大戦では兵士として従軍し、戦争と女性をテーマにした愛国的な詩を多く書いた。一九九一年のソ連崩壊直前にみずから命を絶った。

＊14　ロシア軍の象徴である黒とオレンジの縞模様のリボン。ロシア帝国時代からある軍事勲章に用いられるもので、プーチン政権下でも強い国家のシンボルとなっている。

＊＊＊

私たち女の子は、どこで働いても、意見帳、苦情帳、提案帳の担当になった。大小どんな公的機関にもこの手の帳面があった。太古の昔から同じ場所にあって埃をかぶっている蛍光色の帳面。来訪者たちがこの帳面を求めるのは、責任者がトイレに行くのに席を五分外したとき、この帳面を求めるのは、ビュッフェの後に油のついた記念の口づけをそこに残すとき、この帳面を求めるのは、表現しえないものを表現すべきとき。

話をしているときにスタッフが目を合わせません。ちゃんと仕事してください。
２０１９年４月21日

展覧会もとてもよかったし、特にガイドの女の子がよかった。こういうきれいな女性スタッフをもう少し増やすべきだ！　パーシャ
２０１９年５月18日

これを芸術だという連中を撃ち殺したくなった。熱狂者88
２０１９年７月２日

予算の無駄使い。恥ずかしいよ、皆さん。
２０１９年８月７日

ここの現代アートを見たくて娘と一緒に来ました。良かったです。ありがとう。
２０１９年８月13日

美術館の皆さんの温かいご配慮とおもてなしに心から感謝申し上げます。第一五八二学校教師一同

ここに俺はいた。ＡＣＡＢ

ここで働いている女の子たちはほんとにまだ若いね。大人の男手が足りないように感じ

るよ。アントン・ミハイロヴィチ
2019年9月10日
冷水器の水がなくなっていました。お水をお願いしたら、謝罪しながら水道の水を入れていました。T・N・ニキフォロワ
2019年9月30日

私たち女の子は、自分はこの世でまったくのひとりぼっちなんだという気がするとこの帳面を開いたものだ。私たちは、古代の写本のようにこの帳面のページをめくった。人生が私たちを、この人たちみんなと、彼らの言葉、抑揚、志向と引き合わせてくれた。私たちはこの人たちのことを何も覚えていないし、彼らもきっと私たちの顔すら覚えてはいない。でも、何かの因果で、私たちはこの展示室で彼らのそばに立ち、自分たちの現実をなんとかして共に乗り切ろうとしていたのだ。

書類作成と明日の前払金が入るかどうかが不安で疲れ果てていた私たちは、私たちを撃ち

殺す必要などない理由を説明した。すると、たいていの人は構えた銃を下ろしてくれた。

＊＊＊

月経のシンクロニシティはおそらく存在しない。そんなシンクロニシティは研究で否定されている。だけど、私たち女の子が出勤した今日は、月曜日というより私たちの生理初日。私たちの周期カレンダーは、ロシア史の記念日カレンダーの横に掛かっている。

休日のあと、私たちはみんな恋したようになって出勤した。そういうことはよくあるもの、何かひとつシンクロすると、他のこともう止められなくなる。私たち全員が恋している状態だと国家にも都合がいい。私たちはお昼を抜き、遅くまで残業をし、細かい点に注意深くなり、ひとつひとつの電話に応答する。私たちはスピードアップしているし、リアルな感覚も一見、あがってきているように思える、私たちは何か合図を待っていて、その合図にいつでも気づけるよう構えている、たとえそれが私たちを脅すものであったとしても。

もし私が鏡を覗きこんだなら、突き出た頬骨と泣きはらした目を見ることだろう。だから今日は事務所の鏡という鏡は全部、カバーで覆うか裏返しにしている、死んだ人を安置している家みたいに。[*15] 実を言うと、私たちの事務所にはいつだって死者がいる。生きている人と同じくちゃんと書類に登録された人たちで、彼らは私たちの一・五倍の給与をもらっている。でも私たち女の子は、もう彼らに腹を立てたりはしない。死者が生者の中にいるのは容易なことじゃないから。

恋している女の子たちは、今日はずっと同じ歌をぐるぐると聞いている。つやつやした真っ赤なイブプロフェンの錠剤を手渡しながら、彼女たちはお互いに突き出た頬骨と泣きはらした目を見つめあっている。

あなたが何をしたか
自分でわかっているの
それでも愛は白鳥のように
空へ

それでも愛は鷹のように
それでも愛は鷹のように
それでも愛は鷹のように
手も触れずに
私は悲しくてつらい
私は悲しくてつらい
私は悲しくてつらい
愛しい人よ[*16]

と、恋する貧しい女の子たちは声をひとつに歌う。

＊15 ロシアでは、家族が亡くなった際、死者が自分の姿を見て驚かぬように、家の中のすべての鏡をシーツなどで隠すという風習がある。
＊16 ソ連時代の人気歌手ヴァレンチナ・トルクノワのヒット曲「愛は白鳥のように」（一九八二年）の歌詞。

＊＊＊

あるとき、女の子たちに対してクレームがきた。

それからさらにまたクレーム。

それからさらにもうひとつクレーム。

クレームは文化部局と検察庁、そして調査委員会にも同時に送られていた。

来館者R・V・ミジンスキイのクレームによれば、女の子たちのイベントのひとつに登壇した文学者らが、ロシア語の卑猥な語《マート》を含む詩をいくつか朗読し、ロシア文化の殿堂を侮辱したのだそうだ。

クレームに関する通知を吟味したうえで、私たち女の子は説明書を作成するために席についた。

説明書

私ども、モスクワ市国家文化予算機関職員一同は、R・V・ミジンスキイ様に対しましても、ロシア文化に対しましても侮辱をする意図はございませんでした。残念ながら、私どもは登壇された文学者の方々の意識へ直接アクセスすることは叶いませんでした。従いまして、「おまんこ」ですとか、「ボケ」、「いかれポンチ」、その他同類の語がイベント内で使用されたことにつきましては、いかにしても予測できかねたわけでございます。

卑猥な語《マート》は、芸術的な表現手段となりえますし、どなたかを侮辱する意図をもたないことも可能です。仮に、公開イベント実施の規定に抵触する、あるいは、侮辱に該当する場合があるとしましたら、私どもが席から立ち上がり、

「文化局くたばれ」

「検察くたばれ」

「調査委員会くたばれ」

「R・V・ミジンスキイ様くたばれ」

と申し上げるようなときでございます。

このような文言は、実際には侮辱的なものと捉えられるかもしれませんが、それでもやはり、ロシア文化の殿堂の価値を侵害するものではございません。

敬具

日付

私は今も想像する、私たちがこの文面をみんなに送りつけ、それから席を立ち、ドアをパタンと閉めて出ていくところを。でも残念ながら、私はこれをただ書いただけで、現実には、この月の私たちの補助金が削られたのだった。

＊＊＊

私たち女の子は、ロシア非常事態省からの指示をしょっちゅう受け取った。つまり、私たちの安全、あるいは、私たちの来館者の安全を脅かす状況に関する連絡がタイミングよく来るのだった。

例えば今朝の指示はメールで動画ファイルが添付されていた。その指示というのは、この動画をダウンロードし、私たちの施設のすべてのパソコン画面の壁紙にしろというものだった。私はファイルをダウンロードした。それから、女の子たちが私の席の周りに集まり、な

Апрель
П В С Ч П С В
27
30
Май
П В С Ч П С В
Июнь
В С Ч П С В
25
Апрель
П В С Ч П
16
Июль
П В С Ч П С В
17
Август
П В С Ч П С В
Сентябрь
П В С Ч П С В
18 19
26
Июль
П В С Ч П
Октябрь
П В С Ч П С В
6 7
8
П В С
12
10
Декабр
В С Ч П В
22 21
23
Октябрь
П В С Ч П
24
Январь
П В С Ч П С В
20
враль
П В
14
11
Март
П В С Ч П С В
2
28 15
Январь
П В С Ч П
31
Апрель
П В С Ч П С В
Май
П В С Ч П С В
4 9
13
Июнь
П В С Ч П С В
1 3
Апрель
П В С Ч П
5

んのために私たちの芸術家たちの動画ファイルをすべて美術館のパソコン画面から削除しなきゃいけないのかを見て確かめた。

私たちが見たのは、雪に覆われて凍てついた川のある広大な谷。数秒間はなにも起きず、カメラはほとんど動かなかった。そのあとで左下の隅から人間が二人現れた（こちらに背中を向けている）。彼らは手をつないで川の方へと近づいていった。水際で少し立ち止まってから、境界を越えて氷の上へと踏み出した。すると、いきなり水の中へ落ちてしまい、結局もう浮かんではこなかった。動画の上のほうに巨大なイタリック体の文字が現れた。

薄氷は危険！

これで動画は終了した。

そこには私たちが議論すべきことなど何もなかった。私は黙って動画をＵＳＢにダウンロードし、美術館じゅうのパソコン画面に設定した。

薄氷は危険

だから私たちの部屋からは今日はレートフ[*17]の声が流れている。

薄氷は危険

だから私はお役人の声を聞くのが怖くて知らない番号からの電話には出ないでいる。

来館者たちが私に質問してくる、「画面に映っているこのビデオインスタレーションは誰の作品ですか？　すごく恐ろしくてシンプルですよね、画面じたいがまるで薄氷みたいだし、まるで水の深みのほうにいるみたいな、いまにも映像の表面の凍った湖に自分の体で穴を穿って落ちてしまうみたいな感じで」

私は正直に応える、これは非常事態省の作品ですと。でも来館者たちは、「非常事態」というのが何か別の何かの婉曲的な言い回しなんだろうというように私に微笑みかける。でも私はその考えも排除しない。

＊＊＊

職場にいるときに悲劇が降りかかったら女の子たちには何が起きるの？　このプロセスをどうしたら正確に記述できるのかわからないけど、でもそれは、たった一日で起きる激変という感じがする。なにもかもが一時中断し、時間の流れが変わり、一分前にはまだ、重要で確固たるものだった規定が、私たちに対してもう何の権力ももたなくなる。

女の子の一人のお母さんが亡くなったのは、雪の降る日の勤務時間中だった。女の子の一人のお姉さんがアレクサンドロフ・アンサンブルと一緒に墜落[*18]したのは、雪の

*17　ソ連時代のバンド「民間防衛」を率いた伝説的なミュージシャン、エゴール・レートフ（一九六四―二〇〇八）のこと。

降る日の勤務時間中だった。
　女の子の一人の検査結果が出たのは、雪の降る日の勤務時間中だった。

　もしあなたが国家のために働いているのなら、あなたたちの事務所を悲しみが支配している日々は、もっとも晴れやかで明るい日々。あなたは、取り返しのつかないことが起きた人の眼を見ながら、周りにあるすべてのものがみじめな舞台装置に、今にも崩れてしまいそうな段ボールの壁に姿を変えるように感じることでしょう。ただし、それは別の視点で見なきゃいけない。ほら、ここにあなたがいる、生きているあなたが。あなたの内側では心臓が脈打ち労働している、ほら、あなたの横には別の女の子がいる。同じく生きているけど、泣いているか、あるいは涙をこらえている。それでほら、あなたたちの冷たくなった労働が、死んでしまった現実のふにゃふにゃの抜け殻みたいにすぐそばの床の上に横たわっている。私たちはもう、雇用主によってわけのわからない塊にこねあげられた、ひとつの体にたくさんの手足をもつ女の子という生き物なんかじゃない、悲劇という光に照らされて私たちひとりひとりの輪郭が見える。そして私たちは、お役所言葉の重みと自嘲の優しさに疲れてしまった。私たちは少し離れて、もう一度お互いを認識し直さなきゃ。私たちはもう、相互に理解し合うことに反対したりしないし、それどころか、自分たち以外の誰も私たちに近づかせたりしない。

いまや私たちの中にいるのは女の子だけじゃない。雪の降る日の勤務時間中に、死にそうになりながらも新たに生まれ変わったのはジェンダー秩序。代名詞が変わり、共通するとされてきた経験の表面にヒビが入る。もう女の子じゃない人もいるし、一度も女の子じゃなかった人もいるかもしれない——それは、今までここに書いてきたすべての文章が、私の指の下でいま新たに登場している一行一行も含め読み替えられうるという意味だ。

この一行も。

この一行も。

*18 通称「赤軍合唱団」と呼ばれる軍の合唱団アレクサンドロフ・アンサンブルのメンバー六十四名が、二〇一六年のクリスマスにソチからシリアへ新年のコンサートに向かうために乗った国防省の飛行機が墜落し、他の乗客らも命を落とした。

女の子たちがいかにして外国の代理人[19]になるのかを少し話しましょうか。そんな変化《へんげ》はいつ起きるの？

＊　＊　＊

本報道（文書）は、外国の代理人の機能を果たしているマスコミ、（あるいは）外国の代理人の機能を果たしているロシアの法人によって作成され（あるいは）流布されています。[20]

女の子たちは、目を覚ますと、顔を洗い、歯を磨き、もつれた髪を梳《と》かす。出勤中のバスやメトロの中で眠りこんで乗り過ごす。見てよ、彼女たちの眠そうな顔を、どう思う？　私たちの女の子はもう外国の代理人になっちゃったのかな、それともまだかな？　なんでバレちゃうんだろう？　彼女たちの視線によその国の介入が見える？　動きのひとつひとつに爆発しそうな敵意が見える？

外国の代理人《イノアゲント》とは、よそ者の代理人《イノーイアゲント》のこと。よそ者は、いつだって私たちを襲ってきかねない——タス通信のそばで許されないキスをしているときも、みんなで水ぼうそうを感染《うつ》し合いながらやる子どもの誕生会の最中でも、買い付けの打ち合わせ中の二時過ぎに経済局の上司が見ている前で股間に生温かさを覚えるときでも。外国の代理人のくせに私たちは妊娠だってしかねない、そうしたらそのときにはこんな疑問が湧くでしょうね——赤ちゃんは中立の羊水の中にいるの、それともやっぱり、外国の代理人の羊水の中にいるんだろうか？
この質問に答えられる人いる？

よそのものはいたるところにある。お決まりの呼び出しをくらった後は、ブラウスの袖を

＊19 外国から資金援助を受けたり、他国の影響下にある団体や個人を指し、スパイとほぼ同義で用いられている。ウクライナへの軍事侵攻後の二〇二二年春以降はさらに取締りが激しくなり、NPO団体や独立系のメディアなどが国外へ出ることを余儀なくされ、外国人との会話だけでも逮捕されることがあるという事態になっている。

＊20 外国の代理人に対する規制に対し、ロシアの独立系メディアが各記事の冒頭に故意にあてつけがましく大文字で掲げている文言。

引きちぎり、頬にスパンコールをちりばめてゲイクラブに行こう。そこで、サバイバルから解放された自由な時間に書いたちっぽけな文章で得たちっぽけな外貨をすっかり飲んでしまうことだろう。私たちの文章はロシア語で書かれている。それもまたよそのものなのだ。

＊　＊　＊

女の子たちは真っ赤になって極寒から事務所に戻った。女の子たちが戻ると、物語《プロット》の断片も彼女たちの頬や鼻や手と同じように溶け始めた。事務所の中はお昼頃までには暑くなることだろう。女の子たちが吐く息で暖まって窓が曇り、おろしたてのシャツの脇の下には湿った丸が現れることだろう。

女の子たちというのは、コミュニケーションと、冷え切った国家の内臓に巻きついて温めてあげる暖房のシステムのこと。もしも女の子たちが停止したり、仕事を中断したりしたら、いったい私たちに何が起きるのかはわからない。きっと私たちは寒さのあまり自分の席で眠り込んでしまって、そしてもう二度と目覚めないんでしょうね。そのほうが良くなるかもね。

親愛なる女の子たち、私たちには決死のストライキが必要だよ。生きていくことが耐えがたくなったよ。

でも、女の子たちを停止させることはできない。女の子たちは自腹で買ったコーヒーを飲みながら、カチャカチャとパソコンを打っている。彼女たちの心臓はリズムが狂い、腰では時限爆弾がカチカチと脈打っている。女の子砲兵中隊、女の子魚雷、女の子エンジン、女の子トリガーたち。

今日はどの女の子が去っていくんだろう？　急に口をつぐみ、天井に向かって叫び出し、部屋から駆け出していくのは誰？　今日はどの女の子のことを、まるで自然現象の話をするみたいに男の子たちが話題にするんだろう？

始まったぞ。

暗くなってきた。

消えた。

女の子たちが溶けているあいだ、私は口が利けなくなり、舌先がちくちくする感じがする。でも舌は、口蓋を下へ向かって小さく三歩進もうとしている、三歩目には血が出るほど嚙まれることになるというのに。

＊＊＊

部署の全員でマリーナを見送った。火葬場の建物のそばはなんだか穏やかだった、あの中にもきっと、あそこの女の子たちがいるんだろうな、そして彼女たちもなんだってこなしちゃうんだろうな。

国営の火葬場は、私が子どもの頃の文化宮殿[*21]を彷彿とさせた——週に三回、私はそこへロシアの民族舞踊を踊りに通っていた。頭飾り《ココーシュニク》が重かったことと、糊のきいた刺繍のワンピースの下で白いストッキングがずり落ちる感覚を今も覚えている。

みんな、マリーナのことが好きだった。マリーナは私たちの展示室の責任者だった。マリーナは、来館者を出迎え、見送り、彼らにチケットと土産品を売り、マグネットを万引きする者がいないか、展示品に手を触れる人がいないか監視していた。マリーナは、みんなにしつこくつきまといながらお茶を飲むのが好きだった。マリーナは若い頃、戦車の設計の仕事をしていたのだけど、死ぬまでずっと守秘義務には忠実で、私たちが皮肉っぽく口説いても何ひとつ話そうとはしなかった。マリーナは『サイキックバトル』という番組が大好きで、シオニストの陰謀を信じていた。

マリーナは勤務時間がもうすぐ終わるという時に亡くなった。他の女の子たちは、彼女が椅子に座ったまま居眠りしているんだと思っていて心配もしなかった。死はマリーナをそれほどひどくは変えなかった、火葬場のホールにいる彼女は、ほとんど生きているみたいに横たわっていた。ただ、どういうわけか、糊のきいた刺繍のワンピースと白いスカーフを着せ

＊21　ソ連時代に国内や東欧の社会主義国に建設された文化センターで、芸術や学習、啓蒙活動などが行われていた。

られていた。マリーナも文化宮殿の踊りに通っていて、もうすぐ発表会があるんだなと思った。

葬儀場の女性責任者が棺に近づき、音楽を始めるよう誰かに合図した。彼女は単調な声で故人の親族にお悔やみの言葉を述べると、火葬前に最後の言葉をかけるよう参列者たちに勧めた。私はこの女性に感謝した、彼女の半ば機械的な進行はマリーナを思いださせてくれた、マリーナの声の抑揚や、どちらへどう動けばいいか人びとを導く姿を甦らせてくれたから。

女性責任者は目で時間を追っていた。お別れの言葉の三十分後、作業人たちが現れ、炉に続く小さな扉の上方に赤いランプが点灯した。女の子たちは泣いていたけど、私は大理石の床をじっと見つめていた。私とマリーナのダンスシューズの下で、カツカツと床が鳴るような音がずっと聞こえている。

＊　＊　＊

ロシアの日[*22]が近づくと、女性スタッフをびっくりさせようとして、文化局がミスコン「ミス・文化」を開催すると発表した。コンテストを行うにあたって各部署から参加する女性を一人ずつ出さないといけなかった。コンテストの参加者には全員に賞金がたっぷり授与されるということだった。プログラムは、

・コンテスト参加者本人が縫った民族衣装を着てのファッションショー
・事前に準備した出し物で一芸コンクール
・クイズ「私は我がロシアについて何を知っているか」

生の喜びであるこの祝祭にうちの部署からは私が送り込まれることに会議で決まった。それというのも、私は七年生の時にキャンプのミスコンに参加し、「ミス・ポクルィシキノ2007」に選ばれたことがあったからだ。私はなぜだったか以前にこのことを職場の集まりでみんなに話したことがあり、キャンプ場でプラスチックの王冠をかぶって胸に青いリボンをつけた写真まで見せてしまっていた。

私たちはコンテストに向けて準備させられた。ハイヒールでランウェイを歩く方法を習い、マイクの持ち方、舞台上での立ち方を教えられた。私たちの背後には巨大なアニメーションでロシア国旗が映し出されていた。稽古を終えるたびに自分の記憶と運動感覚が弱まっていくのを感じた。でも私には四半期分の給料に当たる賞金を手に入れて歯科に行く計画があった。

ついにコンテストの日がやってきた――ロシアの日だ。愛国的なドレスに身を包んだ不安な様子の女の子たちが試着室を駆けずり回っていて、文化局の公務員の女性たちとは似ても似つかなかった。私は彼女たちを嬉しく思ったけど、自分はひとりぼっちだと感じた。口紅を塗られるとき、すべてが華やかで、それでいて清純でなきゃいけないのよと言われた。

私は裁縫ができなかった、自分のナショナリティがなんなのかもわからなかった。私の横

*22　六月一二日。一九九〇年にソヴィエト連邦からロシア連邦が独立し主権を宣言した日として祝日となっている。

には、細部に至るまで考え抜かれたウドムルトの民族衣装を着た女の人がいた、ちょっと先には、平均的なスラヴ風のワンピースと帽子をかぶった女性がいた。約半数の参加者がロシア的なものや民族風のものを着ることにこだわっていた。ベラルーシとウクライナの刺繍がどう違うのかをググっている人もいた。私は、これといった特徴のないシンプルな白のワンピースを着て野草の花輪をしていた。私の力は尽きかけていた。

「親愛なる皆さん、我が国の首都でもっとも文化的な若い娘さんたちをご紹介しましょう！皆さんの前にいるのは、美しいというだけではありません、巨大な我が国の文化遺産のケアをされている賢い娘さんたちです。彼女たちのか細い肩には偉大なる使命が置かれています。つまり、伝統を守り、先祖の記憶を大切にし、我らが広大無辺なる祖国の大きな空間で新たな世代を育てること。〝ミス・文化〟の参加者は全員、真の国民的財産であります。拍手を！」

観客席のほどよいざわめきの中、私たちは舞台に出た。女の子たちは微笑みながら間接照明の下を自信たっぷりに歩いていった。彼女たちをバックにした私は青白い顔をして、どんな国民の財産にも全然似ていなかった。

一芸コンクールに結局私は出なかった。舞台裏で気分が悪くなり、ショーの実行委員たちが水とチョコレートをくれた。祝祭の残りを私は最後まで観客席で見ていた。

クイズではクリミアに関する歴史の問題が多く、女の子たちはほとんど全員が間違えずに答えていた。もっとも、クリミア・タタールの衣装を着た女の子の答えはいくつか正解と認められなかったけど。可哀想に、私は彼女のことが心配だった。

大きなスクリーンに明るい色の眼をした明るいブロンドの勝者が映し出され、私は彼女の涙を拡大されたピクセルで見た。

「これは幸せの涙です。私は母に感謝しています、私は国に感謝しています、夢が叶いました！　私は信じています、私たちみんなで共にロシアを独特で自由な素晴らしい国として守っていくことができると！」

彼女はこれを心から言っているように見えた。私の口の中でこのとき一気にすべての歯が疼《うず》きだした。

＊
＊
＊

私たち女の子は政治のことは何もわからないというふりをしている。私たちは鳥みたいにピーチクパーチクお喋りをするけど、本物の鳥たちは、誰でも知っているように、そんなことは全部超越している。私たちはさえずっている、だから私たちが正気だと誰も疑ってはいない。もしもあなたたちが、私たちの頭の中にどんな地下室があるのかを知っていたとしても、きっとしょぼいお世辞の言葉しか持ちあわせてはいないんでしょうね。

労働者全体集会では、必ず選挙に行き正しい候補者に投票しなければならないと釘を刺された。記入済みの投票用紙を写真に撮って送信することも忘れてはならない。国に対する市民の義務を忘れてはならない、でないと、将来自分の子どもに合わせる顔がないよ。

だけど私たち女の子は、正直言って、もう子どもなんかもつことはないだろう。私たちには新しい人間を生む気力なんかない、縫い目がほつれていっているあんたたちの底なしの闇を自分の身体で塞いであげる新たな女の子たちの一軍を生むなんて。別のバカ女たちを探したら。私は何にも言わないで、当分誰も来そうにない誰もいない夜の学校にあんたたちの投票用紙を放り込むつもり。こんなことはすべて私たちで終わりにする、私たちは、最後の女の子。

私はよく自分が妊娠している夢を見る。私たちの国には休眠機関がいっぱいある——夢にまで公的機関を見るなんておもしろいでしょう？　彼女たちのベッドのそばに腰かけているのは誰？　熱のせいでぐっしょりと濡れた彼女たちのシーツを取り換えてくれているのは誰？　彼女たちが子どもじみた憐れな言葉で放つうわ言をじっと聞いてくれるのは誰なの？　マネシツグミみたいな女の子たちの夢をその人たちが見ればいいのに、いろいろな声たちのこだま、ひ弱なコーラス——地下室が爆発する前の最後の合図。

＊＊＊

女の子たちのことはみんな同じように好きだと感じるときもあるけど、それでももちろん、その中でも普通以上に好きになる子たちがいる——で、それは普通、空想の女の子じゃなくて現実の女の子。わかるでしょう、断崖絶壁みたいな女の子、支柱みたいな女の子、その子の後ろにいると石の壁の後ろにいるみたいな感じの女の子。オクサーナは、そういう女の子だった。現実の女の子。

私たちの中でいちばんに仕事を辞めたのはオクサーナだった。形式的には私たちは同時に辞表を出したのだけど、オクサーナは実際にはそれより半年前にいなくなっていた。彼女のまなざしから輝きが消えたその日のことを私たちは覚えている。彼女はだいぶ前から私たちどころではなく、勤勉で静かな影のように自分の席に座って、自分の母親の死後の埋葬のあれこれやら、数字が合わない私たちの毎月の会計仕事やらをさばいていた。オクサーナはいつもすべてが明瞭だった、明瞭な電話応答、明瞭な書類整理、明瞭な文章、明瞭な埋葬。

仕事を辞めたオクサーナは一気に成功した。賞をもらい、長編小説を書き、窓辺で植物を育て、妻と出会った。私たちはみんな彼女の大きな未来を予言していたんだよ、オクサーナの人生じたいが文学の語りになるって。それは宿命にも似ているし、実現する神託にも似ている。真っさらな生地を手にとったようでいて、でもそこには最初に畳まれたときの折り目がついている。

私たちのオクサーナはレズビアンだ。彼女がレクチャーをするはずだった文学フェスティバルが最近、丸ごと中止になった。不安にかられた愛国者たちが知事のホットラインに電話しまくったのだ。オクサーナは異常者でレズでババアで同性愛者でソドミストで魔女で伝統の破壊者だと。「私の国がどうして私を誇りに思ってくれないのか理解できない」とオクサーナは言う。

オクサーナ、私たちも理解できないよ、だから同じホットラインに電話してるよ、そういう女の子はよくいるんだってことをトゥーラ州知事に伝えるために、断崖絶壁みたいな女の子、支柱みたいな女の子、その子の後ろにいると石の壁の後ろにいるみたいな感じの女の子たち。トゥーラの糖蜜菓子《ブリャーニク》の日というとても明るい祝日を自分の鞭で曇らせてフェスティバルを中止にするなんて、私たちはすごく残念だと伝えるために。

＊＊＊

ある時、私たち女の子が奇妙な重い病気にかかりだした。私たちは髪が抜け、皮膚が剝けて、胃袋はヨーグルトさえ受け付けなくなった。私たちはみんな一か月で十年分も老けてしまった。

検査の結果、私たちの血液中の重金属の値が高いことがわかった。水銀、鉛、マンガン、カドミウム。こんな語について考えたのは八年生のとき以来。重金属、元素記号、夢に出てきた教科書の見返しの周期表。林檎の木々が夜明け前のもやの中に立っている、卒業まではまだ時間がある、私たち女の子は初めてのヘビメタのレッスンに行くところ、上着の下で痛みながら成長していくものを気恥ずかしく思いながら。

私たちは成長して何になったの？
私たちは何でできているの？
私たちの血液中には他に何が見つかるの？

ＨＣＧ、ＭＤＭＡ、[*23]ＨＩＶ、ＰＣＲ、ＳＳＲ。心臓の重みは重金属のせい。長い語を縮めた頭文字は心筋の収縮。

建物内の換気装置の設計にミスがあることがわかった、下の階にある金属加工ラボの換気扇が私たちのところを通って引かれていたのだ。今後、私たち女の子は、パニックを起こしたときに、深く四拍子で息を吸う前に今までの倍考えることだろう。何もかも昔のままならいいのに、林檎の木々が夜明け前のもやの中に立っている、夏休みまではまだ時間がある、私たちは午前九時前にレクチャーをしに行くところ、上着の下で成長し切ったものを気恥ずかしく思いながら。

＊23　ＨＣＧはヒト絨毛性ゴナドトロピン、ＭＤＭＡはメチレンジオキシメタンフェタミンの略記号。

＊＊＊

女の子たちがどんなに自分の公的機関を棄てようとしても、機関は毎回彼女たちを追いかけてきて、頭からすっぽりと覆うのだった。どんな仕事も現行の秩序に合わせた仕事に変わっていく。なぜなら、秩序はすでに空気中に流れだしていて、呼吸と心臓の脈動によって体内に取り込まれ、私たちの涙や汗とともに排出されているから。

女の子たちは暴力に敏感であることを運命づけられている。彼女たちは嘲笑される、君たちは契約も無しに働いていたのか？　何も気づかなかったの？　どこを見ていたんだ？　いい、私たちは大きな政治の目をじっと見つめていたんだよ。それは生き物だったの、そいつは鹿みたいに見える、角に花と草が絡みついている。この政治というやつが何に似ていたとしても、そいつはまるで今まで一度も何の被害も出したことがないみたいにしてたの。そいつは顔を向こうに向けて私の横にいた、だから私はすべて見落としてしまった、契約、記録、同意、給与額、勤務時間すべてを。そいつは異なる秩序をもつ生き物だった、だから私たちは脅して逃げられることを恐れて、そっとそっと後についていったわけ。

公的機関は毎回私たちに追いついた。私たちは、t.A.T.u.の「私たちには追いつけない」を聞きながら好きなだけ飲むこともできた。でもラストのあたりになるとやっぱり思い出すの、この曲にはもう何の意味もないんだと。私たちはヴァレーリー・メラーゼ[*24]を聞きながら惰性で激しく泣くこともできるけど、でも今は「さようなら、ヴェーラ」のかわりに、「ベラルーシ万歳《シヴェ・ベラルーシ》」[*25]が聞こえるでしょうね。私たちは、美しい顔をした自由な人間として仕事に行くことができる——そして、ユートピア的なことや響きのいいことを人生でもう二度と聞かなくてすむように大きな政治の目をまっすぐに見据えれば、守秘義務の書類に署名して自分の喉を掻っ切りたくなるようなことを知ることもできる。

＊24　ジョージア出身の人気歌手。二〇〇三年に与党「統一ロシア」の党員となったが、二〇二二年二月にはロシアのウクライナ侵攻に反対を表明。「さようなら、ヴェーラ」は二〇〇五年のヒット曲。

＊25　二〇二〇年八月に行われたベラルーシ大統領選で、現職のルカシェンコの当選に対する不正疑惑から大がかりな市民の抗議運動が起きた際にスローガンとなった言葉。

アカシカは私とともに我が望みどおりに
私を連れ去って、アカシカよ、あなたのシカの国へ
そこでは松たちが天までも伸び
そこではあったことと なかったことが生きている
私をそこへ連れ去って、アカシカよ[*26]

＊
＊
＊

ときどき、古い場所から新しい場所へ移る際に女の子たちはしばらくのあいだ失業することがある。そういうときには、彼女たちの生に、わっと声をあげると長いこだまが聞こえるほどの空間が自分の頭の中にできる。

それは嬉しくもあり不安でもある。どこに行けばいいんだろう？　何時まで寝てていいんだろう？　できるだけお金を使わずにどうやって一日を過ごせばいいんだろう？

失業中の女の子たちは、外国から来た女の子みたいに通りを歩く。それまで見たことのなかった時間の町を目にし、顔は少し日焼けして赤みが差してくる、一方で、長時間歩くことを忘れていた足にはまめができ血が滲む。彼女たちの指はキーボードを叩くようにあらゆるものの表面を幻想的に叩き、モニターの光から離れた目は1、2ディオプトリほどよく見えるようになる。

失業中の女の子たちはコンセントが抜けている、よく見てみてごらん、歩いている彼女たちの後ろに裾引きみたいにカラフルなコードが延びているのが見えるよ。彼女たちの部屋のどこか奥のほうでは労働手帳が浅い眠りについている。女の子たちは書類の束を抱えている

＊26　一九七一年のアイダ・ヴェジシェワのヒット曲「アカシカ」の歌詞。

みたいに胸に手を押し当てている、どうやら彼女たちは、喪失感に襲われてお互いの顔を思い出そうとしているらしい。でもなぜだか思い出せない。

だから失業中の女の子たちは、どこであろうと一人ずつで歩いていて、自分がもう集団的身体の一部じゃないことに慣れていく。そして、みんなそれぞれに違っていることにも慣れていく――変な感じだけど。もう一度よく見まわしてみて――そうしたら、所かまわず立ち尽くす女の子や、事務所の壁の中から出てきて虫や木や水たまりの前で口が利けなくなっている女の子たちに気づくはず。

女の子たちは合図を待っている。彼女たちは必ず呼ばれることだろう――でもそれは、彼女たちにしか聞き分けられない音。それは、パソコンや仕事場の照明を消したときのヒューンという音に似ている、そしてこの音にも長いこだまがある。

前史

この作品には前史がある、順番が前後したが最後にそれを話しておかなければならない。人生の数年間、私はさまざまな国家機関で働いた——図書館、美術館、大学。大学を卒業して初めての仕事は国家のための仕事だった。

この経験は私にとって容易なものではなかった、そしてその後遺症はなんらかの形で今もまだ残っている——ある機関では部局宛てに匿名で私に対する告発状が書かれたことがあったし、別の機関では、私が映っている動画を組合が全職員に送ったこともあった——私が自宅でワインを飲みながら、ふざけて悪態をついているものをあるまじき行為の例だといわれたのだった（私は集会で職員一同に謝罪しなければならなかった）。また別の機関では、ブラジャー姿の写真が原因で戒告を受けた、またまた別の機関では、普段の活動と二〇一九年の抗議運動に参加したせいでこってり絞られた。こうした状況はすべて、ほぼ「女性」の集団（といっていいだろう）で体験した。私たちはほとんどお金を出してもらえず、私たちが行う国のイベントには実際にほとんど予算がなく、けれども、私たちの多くは、とりわけ最近入ってきたばかりの女の子たちは、このシステムに内側からなにか影響を与えたい、この空っぽのシステムを意味で満たしたいという意欲に燃えていた。うまくいくこともあった。私たち女の子は普通、自分の仕事をとても愛している。そして自分の仕事を強く憎んでいる。

国家の歯車にいったんはまりこんでしまったら、長くそこに居続けることもできる。何年間も同じ女の子たちが、ある国家機関から別の国家機関へ、あるポストから別のポストへと移動している。女の子たちは、雇用され、解雇され、削減され、産休を与えられる。女の子たちは、自分のストーリーを蓄積していくけれど、それを公にシェアできる機会はほとんどない。解雇されたとき私は、「そうした問題《タキーエ・ジェラー》」というポータルサイトに、国営の文化施設で働いた経験についての記事を執筆した——私のヒロインたちはほぼ全員が匿名にしてほしいと頼んできた、なぜなら、かっての上層部からの制裁を恐れているからだ。

本書には、数百人の女の子たちの物語が織りこまれている。それらは、喫煙所で伝えられたり、お昼休みにひそひそと話されたり、Facebookの非公開グループ内で友人たちに語られたりしたことだ。そこに描かれていることはもちろん、国家機関や、蛇飼育舎《サーペンタリウム》に似ていると言われがちな女性の集団だけに特徴的なものではない。私はなによりも、ステレオタイプ化しようとするこの本質主義的なまなざしから逃れたいと思った。女性が集団であることの神話性をより拡張し、もっと全一的でない、より矛盾した両義的なものにしたいと思った。私が描いた公的機関の暴力は、下部組織や独立系のプロジェクトでも見られる。私も出くわしたことがある。なぜなら、暴力とその諸々のパターンというのは空気中にあって、私たちはかなり前からそれを内面化してきたからだ。惰性で暴力を再生産しないためには、絶え間ない努力が必要だ。そしてときに私たちは（本書の作者も例外ではない）、こうした努力を実行することに疲弊してしまう。我われの公的機関がもつ魔術的リアリズムとはそういうものなのだ。

私が一緒に働いてきたすべての女の子たちとノンバイナリーな人たちに感謝している、それから、自分の物語／歴史を私とシェアしてくれた人たちみんなにも感謝を伝えたい。ソーニャ、オクサーナ、サーシャ、オーリャ、アーシャ、ターニャ、タマーラ、カーチャ、ナターシャ、ありがとう！　私たちの多くは、いずれ自分たちの機関を作らなければならない、それがどんなものになるのか私は知りたくてたまらない。

あとがき

クセニヤ・チャルィエワ

去年の秋、自分の三十歳の誕生日に、市や世界が私に絵を描かせてくれる新しいプロジェクトがあるようにとお願いした。その同じ日にダーシャ（ダリアの愛称）が私に自分の本『女の子たちと公的機関』の挿絵を描かないかと声をかけてくれた。ここ数年、私自身が公的機関で女の子として働いているという事実が、皮肉にもこの理想的なマッチングを彩った。私はこの本の挿絵を夜に描いていた、報告書と報告書の合間に、展覧会と展覧会の合間に、ポスターの版下製作の合間に、また報告書と部局とのメールのやりとりの合間に、コロナ対策の引き締めと緩和の合間に、そしてまた次の報告書の合間に、自動券売機の周りでタンバリンをもって踊る合間に、エクスカーションの合間に、マスタークラスの講座の合間に、報告書と報告書と報告書の合間に。日中は同僚たちと一緒に過ごす、疲れた女の子たち、てきぱきした女の子たち、今にも神経が切れてしまいそうな女の子たち、机を移動させている女の子たち、山を動かすような大仕事をしている女の子たち、泣いている女の子たち、何があろうとも笑っている女の子たち。そして夕方、家で私の帰りを待っていてくれたのは、監視カメラの女の子、たくさんの手がある女の子たちの生き物、祝日の女の子、公的機関の歯車の女の子たちだった。最初に私はダーシャに訊いた、彼女がこの本をどういうふうに見ているのか、ビジュアルな面での要望はあるのかと。ダーシャは、「なにかこう、ほとんどギリシャのいろんな儀式的なフィクションとサイバーパンクのミックス」と言った。ある意味でどの国立の文化施設における、どのジェンダーのどの女の子の活動も、ほとんどギリシャの儀式的なフィクションだというだけじゃなく、隔離というヴァーチャル化を伴うパンデミックでもあって、そのことがこのカクテルにサイバーパンクの欠片を投げ入れたのだった。だから実のところ、私はただ目にしたものを描いただけ。ダーシャのテクストと私の人生はところどころ見分けがつかないくらい混じりあっている。八月三十一日から九月一日にかけての夜半に私は挿絵を送信した。朝、職場に着くと反テロリズムのポスターを考案して描いてくれと頼まれた。例えば、「気をつけろ、過激主義だ」といった一般的な文言でまとまるようなのをいくつかと。

私はもうだいぶ前から、(自己) 決定の形として名詞を用いることがとても難しくなっている。動詞を使うほうがいい、「男性詩人／女性詩人」ではなく「詩を書く」、「男性画家／女性画家」ではなく「絵を描く」、「女の子／男の子」ではなく「アイデンティティを固定しない」。でも、公的機関の女の子たちというのは、レッテルではなくて生きる姿だ。たくさんの手足がある姿。そして、この無限に増殖する目に見えぬ集団的な財産を可視化する機会をくれたダーシャとNo Kidding Pressにとても感謝している。

訳者あとがき

ダリア・セレンコは1993年に極東のハバロフスクで生まれ、4歳からはシベリアのオムスクで育った。2010年に詩を学ぶためにモスクワへ出てゴーリキー文学大学へ入学、卒業後はモスクワにあるネクラーソフ図書館や美術館など国立の文化施設に勤めていた（フェミニストとしての活動が原因で解雇されたことも一度ならずある）。詩人・作家として、そして活動家としての彼女の経歴をご紹介しておこう。

セレンコはなによりもまず詩人である。16歳で、東シベリアで発刊されている文芸誌『昼と夜』に初めて詩が掲載されデビューを果たし、その後、大学在学中にも複数の賞にノミネートされるなどして中央の文芸誌でも作品を発表するようになった。まえがきですでに触れたように、詩人としてのセレンコはここ10年ほどで大きく発展したロシアの「フェミニスト詩」のジャンルを代表する人物である。

２０１７年には第一詩集『図書館の静寂』が出版されている。

大学時代のことをセレンコは、「私が出ていた文学のゼミは、男性が指導していることが多くて、彼らは女性詩を二流とみなして少し見下していました。私は男性の批評を怖がる癖がついてしまって、自分は余計な声を出すべきじゃないただの女の子なんだと考えるようになっていました」と語っている。もともとは地方出身で敬虔なロシア正教徒だったという彼女は、自分の心身に刷り込まれた家父長的な思考や態度に、詩を書くことを通して気づいていく。彼女自身、モスクワに出てきてからの環境、出会った友人たちが、フェミニストとなりアクティヴィストとなる上で大きな影響を与えたと告白している。その変化の過程は、フェミニストへと羽化していく蛹を定点観測しているかのような本作品において再現されている。

活動家としてセレンコの名が知られるようになるのは、２０１６年の「静かなピケ」運動からだ。メッセージを書き込んだ紙やプラカードをもって公共の交通機関に乗り、黙って移動するというこのアクションは、「#静かなピケ」というハッシュタグとともにSNSで拡散し、徐々にロシア国内の各地で同じことを始める人たちが増えていった。メッセージボードには、政治批判、フェミニズムのスローガン、社会問題などが書かれ、乗り合わせた人たちがそれをじっと読んでいたり、声を掛けたりする様子もネット上に投稿されていった。この活動は2020年に『#静かなピケ』という本にまとめられ、そこにはセレンコのもとに集まった無数の人びとの報告が収められている。

さらに2020年11月には、やはり活動家のソーニャ・スノーとともに「フェムダーチャ」を開設する。フェムダーチャは、LGBT運動が活発になるにつれて弾圧やヘイトも強まってきたロシア社会で、脅迫や日々の緊張の絶えない活動家たちが何も恐れずに無料でリラックスできる休息の場を提供したいと企画されたものだ。ダリア・セレンコという人には、こうした着想と実行力がいつも満ちている。

2022年2月8日、セレンコは突然に逮捕される。過去にアレクセイ・ナヴァリヌイ陣営の活動を支持したことがその理由だったが、当局の目的はそんなことではなく、目立つ活動を続ける彼女に対する脅しと見せしめだったのだろう。15日間の行政拘留処分となったセレンコが刑務所内から更新するSNSの投稿は興味深いものだったが、このときに時間のできたセレンコは読書に励み、自著である本書

『女の子たちと公的機関』を読み返していたという。

大きなニュースとなったこの理不尽な拘留期間が終わると同時にウクライナでの戦争が始まった。セレンコはジェンダー研究者のエラ・ロスマンらと共にただちにフェミニスト反戦レジスタンスを組織し、マニフェストを発表した。現在、この組織のSNSには4万人を超えるフォロワーがおり、国外の支部も各地にできて最大規模の反戦グループとなっている。この戦争は、ロシア国内に満ちていた暴力、弾圧、不平等、差別が飽和した結果、国境を越えて隣国へと流出したのであり、暴力を肯定してきた政治が対話不全の果てに選びうる当然の帰結だったともいえる。セレンコらのこれまでの活動が反戦運動へと拡大されたことも当然の流れのように見えた。

セレンコの思想も文体も決して難解なものではないが、そこにはロシアという国に生きてフェミニストになることを選んだ一人の若い女性詩人の経験と思考が濃縮されている。『女の子たちと公的機関』という詩的テクストが日本の読者にどのように読まれるのかはわからないが、戦争がもはや他人事ではない日本で、暴走する政府を止める手立てを考えあぐねている私たちにとって、この物語は遠い国の出来事ではないし、なにかしらの希望を見いだす一冊となることは間違いない。

2022年10月22日付けの『The New York Review』のインタビューの中でセレンコは、文学と政治的な活動とは直接結びついていると語っている。自分が書くものはすべて政治的だったし、そうしかできないのだと。けれども文学を政治的な抗議だとは考えていない。そこには明確な機能の違いがある。

反戦運動のリーダーとして、文字通り、命がけの活動を行ってきたセレンコは、ロシア国内に留まることができず、3月に国を出ざるをえなくなり、現在はジョージアに滞在している。本作品の中で主人公が「私たちはこのシステムを内側から変えるつもり」と言っているように、彼女の本来の目的はロシア国内に留まって内側から体制を変えることにあった。セレンコがしばしば口にするのは、「ロシアがこの戦争に負けるところを見たい」というセリフだ。偉大な国家という狂った物語が崩壊し、人びとが真の自由を手にするところを見たいのだと。彼女の夢は単なる夢ではない。そのときの混乱を、ロシアの人びとの絶望や戸惑いをも予見した上で、その先の未来を一から築き上げる活動へ取り組むという覚悟でもある。

ダリア・セレンコという若きフェミニスト詩人の存在を初めて知った数年前、こんなふうに彼女を日本の読者に紹介できる未来がこようとは想像すらしなかった。半年前にエトセトラブックスのウェブ連載「翻訳者たちのフェミニスト読書日記」にこの本の紹介文を書かせてもらったところ、多くの方から「読みたい」という嬉しいお声をいただいた。戦争が始まってからはお守りか何かのようにそばにおいて読み返していたこの本が、もしかしたら今の日本に暮らす人たちにも希望となるのではないかと思えてきた。急な出版を決断してくださった同社の松尾亜紀子さん、そしてスタッフの皆さまに心からの感謝を申し上げる。私たちの敬愛するセレンコが無事にこの闘いを終え、ロシアに戻って、理想の社会を目指して新たな一歩を踏み出す日が一刻も早く訪れますよう。フェミニズムがみんなのもとに届きますよう、私たちも努力を惜しまずにいよう。

ダリア・セレンコ

Дарья Серенко

1993年ハバロフスク生まれ。ロシアの作家、詩人、フェミニスト、反戦活動家。4歳からはシベリアのオムスクで育ち、16歳で文芸誌『昼と夜』で詩人としてデビュー。ゴーリキー文学大学在学中にも多数の賞にノミネートされる。2017年に第一詩集『図書館の静寂』を刊行、ロシアの「フェミニスト詩」を代表する詩人となる。卒業後はモスクワのネクラーソフ図書館や美術館など国立の文化施設に勤め、実体験を元に、2021年本書を発表。活動家としては、2016年に始めたアクション「静かなピケ」、2020年に創設したLGBTQ活動家の休息施設「フェムダーチャ」で注目を集める。2022年2月初旬に活動を理由に逮捕されたが、釈放と同時にウクライナへの軍事侵攻に反対する「フェミニスト反戦レジスタンス」を組織。執拗な弾圧やヘイトを逃れて2022年3月にジョージアに出国。

クセニヤ・チャルィエワ

Ксения Чарыева

1990年モスクワ生まれ。画家、イラストレーター、詩人。フェミニストの詩集やジェンダー関係の書籍のデザインも手掛けている。モスクワ在住。

高柳聡子

たかやなぎ・さとこ

ロシア文学研究者、翻訳者。専門は現代ロシア文学、フェミニズム史。主な著書・論文は、『ロシアの女性誌　時代を映す女たち』(群像社)、「ソ連後期のフェミニズム思想とドストエフスキー」(『ドストエフスキーとの対話』水声社)、「フェミニストはなぜ戦争と闘うのか」(『現代思想』2022年6月臨時増刊号)など。訳書にイリヤー・チラーキ『集中治療室の手紙』(群像社)、『現代ロシア文学入門』(共訳、東洋書店)など。ロシア語圏における女性たちの声を歴史に残すことを課題としている。

女《おんな》の子《こ》たちと公的機関《こうてききかん》
ロシアのフェミニストが目覚《めざ》めるとき

2023年2月24日　初版発行
2023年8月30日　２刷発行

著者　ダリア・セレンコ
絵　クセニヤ・チャルィエワ
訳者　高柳聡子

発行者　松尾亜紀子
発行所　株式会社エトセトラブックス
155-0033　東京都世田谷区代田4-10-18-1F
TEL: 03-6300-0884　http://etcbooks.co.jp/

装幀　鈴木千佳子
DTP　有限会社トム・プライズ
校正　株式会社円水社
印刷・製本　モリモト印刷株式会社

Printed in Japan
ISBN 978-4-909910-17-2

エトセトラブックスの本

彼女の体とその他の断片

カルメン・マリア・マチャド

小澤英実 小澤身和子 岸本佐知子 松田青子 訳

四六変判・並製

「身体」を書き換える新しい文学、クィアでストレンジな女たちの物語

首にリボンを巻いている妻の秘密、セックスをリスト化しながら迎える終末、食べられない手術を受けた私の体、消えゆく女たちが憑く先は……。ニューヨーク・タイムズ「21世紀の小説と読み方を変える、女性作家の15作」選出、全米批評家協会賞、シャーリイ・ジャクスン賞、ラムダ賞（レズビアン文学部門）他受賞！　大胆奔放な想像力と緻密なストーリーテーリングで「身体」に新しいことばを与える、全8編収録の初短編集。

エトセトラブックスの本

イン・ザ・ドリームハウス

カルメン・マリア・マチャド

小澤身和子 訳

四六変判・並製

女と女の〈夢の家〉で起きた、
暴力と私の痛みの記録

デビュー短編集『彼女の体とその他の断片』が世界中で絶賛を浴びたカルメン・マリア・マチャド待望の第2作は、レズビアン間のドメスティック・アビューズ（虐待）を語る〈メモワール〉。スリラー、おとぎ話、SF、クィア批評、裁判記録…etc. あらゆる形式で〈あの記憶〉を再構築し、あなたを揺さぶる146の断片。

エトセトラブックスの本

別の人

カン・ファギル

小山内園子 訳

四六変判・並製

受け入れがたい暴力にさらされたあとも、
人生は続く。そのとき記憶は
人をどう変えるのか──。

ハンギョレ文学賞受賞、韓国フェミニズム作家の先頭を走るカン・ファギル初邦訳！　30代前半のジナは、恋人から受けたデートDVをネットで告発するが、かえって彼女のほうがひどい誹謗中傷にさらされてしまう。さらに傷ついたジナは、かつて暮らした街を訪ねることに……。デビューから一貫して女性を襲う理不尽と絶望を書き続けてきた作家が、韓国でも社会問題化している性暴力被害を題材に、暴力が生まれる構造を正面から描く。